KB114466

十兵鬼
십병귀

오채지 新무협 판타지 소설

FANTASTIC ORIENTAL HEROES

십병귀 4

오채지 新무협 판타지 소설

초판 1쇄 찍은 날 § 2012년 7월 26일
초판 1쇄 펴낸 날 § 2012년 8월 3일

지은이 § 오채지
펴낸이 § 서경석

편집부장 § 권태완
편집책임 § 주소영
디자인 § 이혜정

펴낸곳 § 도서출판 청어람
등록번호 § 제1081-1-89호
등록일자 § 1999. 5. 31
어람번호 § 제2-2243호

주소 § 경기도 부천시 원미구 심곡2동 163-2 서경B/D 3F (우) 420-822
전화 § 032-656-4452 팩스 § 032-656-4453
http://www.chungeoram.com
E-mail § chungeorambook@daum.net

ⓒ 오채지, 2012

ISBN 978-89-251-2955-6 04810
ISBN 978-89-251-2887-0 (세트)

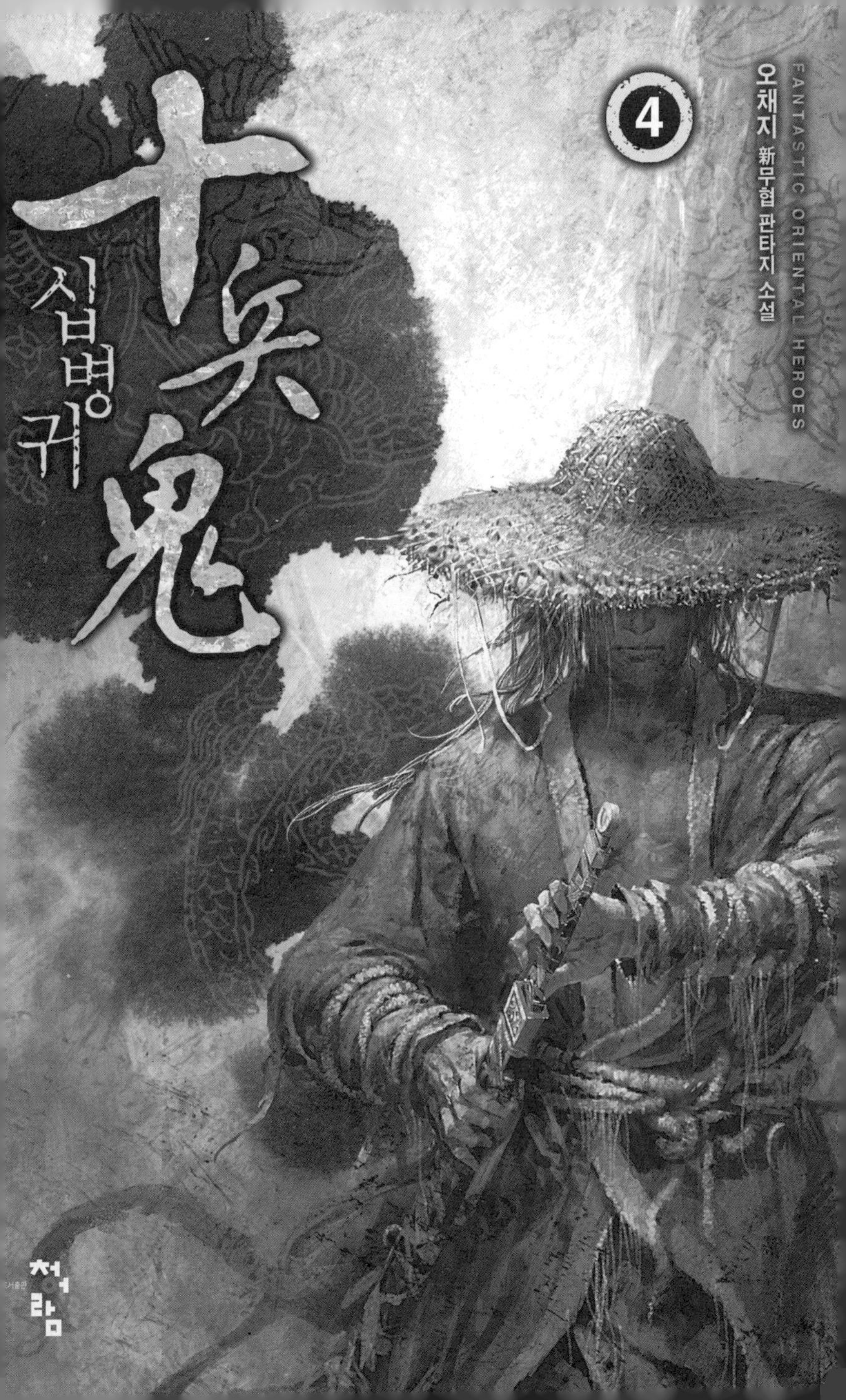

十兵鬼
십병귀
4
오채지 新무협 판타지 소설
FANTASTIC ORIENTAL HEROES
청어람

目次

第一章

백골총의 소악마

십병귀
十兵鬼

죽림에 자리한 목옥은 일순 정적에 휩싸였다.

마교가 대병력을 이끌고 코앞까지 닥치는 와중에도 목옥을 떠나지 않는 이유가 누군가를 기다리기 때문이라는 엽무백의 말은 모두를 당황하게 만들었다. 게다가 이 목옥의 주인이며 굉장한 인간이라고?

"도대체 그가 누구죠?"

조원원이 물었다.

"말해도 모를 거야."

엽무백이 말했다.

"은둔고수라도 된다는 말인가요?"

"세상에 알려진 바가 없으니 은둔고수라고 해도 틀린 말은 아니지. 하지만 그자만큼 세상사에 깊이 관여한 이도 없을 거야. 한 번은 그의 행보로 말미암아 강호의 역사가 바뀔 뻔한 적도 있었어. 세상사에 깊이 관여했으되 한 번도 얼굴이 알려지지 않은 유령 같은 자가 바로 그야."

조원원, 법공, 진자강은 이 대목에서 고개를 갸우뚱했다. 당최 무슨 말인지 알아들을 수가 없었기 때문이다.

세상사에 깊이 관여했으되 한 번도 얼굴이 알려지지 않았으며, 언젠가는 한 번의 행보로 강호사를 바꿀 뻔했다는 말들이 도대체 앞뒤가 맞느냔 말이다.

하지만 영민한 당소정은 달랐다.

그녀가 물었다.

"그도 살수였나요?"

유령처럼 자신의 존재를 드러내지 않으면서도 세상사에 가장 깊이 관여하는 자들은 바로 살수다. 가장 은밀한 삶을 살면서 단 한 번의 행보로 강호의 역사를 바꿀 수도 있는 자들.

과연 그럴듯한지라 조원원, 법공, 진자강의 표정이 딱딱하게 굳어졌다. 그들의 시선이 일시에 엽무백을 향했다.

"살수로서의 삶을 살았으니 살수랄 수도 있겠지. 하지만 그를 산동오살과 같은 부류로 알면 곤란해. 얼굴이 알려지는 게 싫어서 암습을 선호했을 뿐, 정면승부로도 그를 죽일 수 있는 자는 대륙을 통틀어 열 명이 채 안 될 테니까."

사람들은 경악했다.

대륙을 통틀어도 그를 죽일 수 있는 자가 열 명이 채 안 된다고? 그 말은 곧 그가 무신이라 불리는 팔마궁의 궁주들과도 어깨를 나란히 하는 초절정의 고수라는 말인데, 아무리 은둔 고수라지만 그런 자가 존재했다는 사실이 실감 나지 않았다.

하지만 불가능한 일도 아니다.

과거엔 아무도 그의 존재를 몰랐던 엽무백도 느닷없이 튀어나와 오늘의 이 상황을 만들지 않았나.

엽무백의 말대로 그런 자가 실제로 존재하고, 또 자신들의 편이 되어준다면 두려울 게 없다. 북천삼시와도 충분히 일전을 겨뤄볼 만하다. 아니, 그가 반드시 아군이 되어야만 죽림을 둘러싼 천라지망을 뚫을 수 있다.

"그가 죽여 강호의 역사가 바뀔 뻔했다는 대상이 누구죠?"

당소정이 조용히 물었다.

사람들이 모두 놀라는 와중에도 그녀는 그게 가장 궁금했다. 백 마디 수식보다는 한 번의 사건이 상대를 파악하기에 쉬웠다.

엽무백은 오히려 반문했다.

"강호의 역사와 일국의 역사가 다를 게 없지. 역사를 바꾸는 가장 보편적이고 확실한 방법이 무엇일 것 같소?"

당소정을 향해 물었는데 모두가 생각에 잠겼다.

"그거야 당연히 폭력이지. 정의니 협의니 하는 말들을 앞세우지만 인간이란 결국 폭력 앞에 무릎을 꿇게 돼 있어. 모조리 쓸어버리고 새로운 세상을 세우는 게 가장 확실한 방법이야."

법공이 말했다.

"스님 맞아요?"

조원원이 툭 쏘아붙였다.

"스님이 아니라 스님 출신이었지."

"어떤 때 보면 살인마 출신 같아."

조원원이 고개를 돌린 채 혼잣말처럼 중얼거렸다.

그래도 명색이 소림사 십팔나한 출신인데 면상에 대놓고 살인마 운운하기에는 좀 걸쩍지근했던 탓이다.

"내 곤을 모욕하지 마라. 난 오늘까지 죽어 마땅한 자들만 죽였다고 자부한다."

법공이 발끈했다.

"마인들을 죽이지 말란 말이 아니에요. 적어도 스님이라면 죽어 마땅한 자와 그렇지 않은 자의 경계가 우리 같은 범인과는 좀 달라야 하지 않나요? 한데 그쪽은 마인이라는 한마디면 죽이지 못해 안달이 난 사람 같아요."

"그러는 해월루의 후예께서는 역사를 바꾸는 가장 보편적이고 확실한 방법이 무엇이라고 생각하시는지요?"

법공이 조롱을 담아 물었다.

원래 그런 성격이라 그런지 조원원도 이젠 담담하게 받아들였다.

"금력(金力)이죠. 마교가 십만의 대병력을 먹여 살릴 수 있는 것도, 단시간에 중원무림을 일통한 것도 모두 막강한 금력이 뒷받침되었기 때문이에요. 금력이 유일한 대안일 수는 없지만 반드시 필요한 힘이기는 하죠."

"전 교육이라고 생각해요. 모든 사람이 공맹이나 석가와 같은 성현들의 말씀을 깊이 새겨 마음을 바로 세우면 사이한 마교의 교리가 발 디딜 틈이 없을 거예요."

진자강이 말했다.

한순간 좌중에 어색한 침묵이 흘렀다.

진자강의 말이 하도 어이가 없었기 때문이다.

그때 당소정이 말했다.

"고래로 역사를 바꾸는 데 쓰였던 가장 보편적인 방법은 왕을 바꾸는 거였죠."

모두의 시선이 당소정을 향했다.

과연 그럴듯하지 않은가.

일국의 역사를 되짚어봐도 왕이 바뀔 때마다 역사가 크게 출렁였다. 이런저런 가설을 내세울 필요 없이 역사가 그것을 증명한다.

당소정은 엽무백을 뚫어질 듯 응시했다.

자신의 말이 원하는 대답이 되었는지 묻는 것이다. 엽무백은 가볍게 웃었다. 긍정의 대답이었다. 그렇다면 그가 말한 미지의 고수가 왕을 바꾸려 했다는 것인데, 그 왕은 도대체 누구인가.

"혹시… 그가 마교주를 죽이려 했나요?"

"맞아."

"……!"

"……!"

"……!"

"……!"

네 사람은 둔기로 뒤통수를 맞은 듯한 충격에 휩싸였다. 전대 마교주는 병사했으니 그의 거사는 실패했음이 분명했다.

하지만 성패를 떠나 마교주를 죽이려 했다는 것 자체가 충격적이었다. 천하에 누가 있어 구주팔황과 사해오호를 정복한 희대의 거인 초공산을 죽일 생각을 할 수 있단 말인가.

"도대체… 그는 누구죠?"

당소정이 또다시 물었다.

같은 말을 자꾸 묻는 것은 실체가 잡히지 않아서다. 엽무백이 고개를 꺾어 허공을 바라보며 가볍게 말했다.

"마침 오는군."

그는 안개처럼 홀연히 나타났다.

스물대여섯 살이나 되었을까?

청의장삼을 단정하게 차려입은 백면서생은 산책하듯 가벼운 걸음으로 죽림을 걸어나왔다. 닭 모가지도 비틀지 못할 것 같은 가늘고 하얀 손목엔 서책을 싼 듯한 보퉁이가 소중하게 들려 있었다.

법공, 조원원, 당소정, 진자강은 깜짝 놀랐다.

첫째, 마교주를 노렸다기에 세수 백 살은 넘긴 전전대의 고수일 줄 알았더니, 새파랗게 젊은 청년이었을 줄이야.

둘째, 지금 죽림은 천라지망으로 둘러싸여 있었다. 아무런 소란이 일지 않은 걸 보면 이천여 명의 눈을 감쪽같이 속였다는 뜻인데, 그게 과연 가능할까?

서생은 마당 가운데 서서 사방을 둘러보았다.

반쯤 열린 방문, 피어오르는 모닥불, 여기저기 널브러진 짐승의 뼈다귀, 땟국물이 둥둥 떠다니는 마당 한쪽의 온천. 한마디로 목옥은 난장판이 따로 없었다.

사내의 동공에서 차디찬 한광이 뿜어져 나왔다.

사람들은 뼛골이 시리는 충격을 느꼈다.

사내는 매우 화가 나 있었다.

그는 한동안 눈을 감고 감정을 다스리는가 싶더니 아무 일 없었다는 듯 방으로 들어가려 했다. 엽무백이 그를 불러 세웠다.

"오랜만이다, 당엽."

사내 당엽이 우뚝 걸음을 멈추었다.

엽무백의 말이 이어졌다.

"적들이 죽림을 에워싸고 있는 걸 봤겠지?"

"당신의 적이오."

"풀숲을 헤치는 호랑이는 발아래 깔린 사마귀를 신경 쓰지 않는 법이지."

당엽이 엽무백을 향해 천천히 돌아서더니 착 가라앉은 목소리로 말했다.

"난 사마귀가 아니오."

"죽림이 온통 유황 밭이더군. 적들은 화공을 펼칠 거야. 작은 불씨 하나만 일으켜도 죽림은 남아나지 않을 거야."

"당신이 떠나면 아무 일 없소."

"그럴 거면 지금까지 기다리지도 않았겠지."

"거절한다면 당신을 죽여 그들에게 넘기는 방법도 있소."

"그새 잊었나 보군. 넌 내게 이미 한 번 패했다."

"살인을 하는 것과 무인들이 승부를 보는 것은 다르지."

"원한다면 칼을 뽑아라. 하지만 이번엔 너를 살려두지 않을 것이다. 네가 적들의 수중에 떨어지게 놔둘 순 없어."

"무슨… 뜻이오?"

"적의 적은 아군이 될 수 있지. 그들은 네가 나를 상대로 싸웠다는 것을 알 것이고, 그래도 살아남은 걸 이상히 여길 것이고. 너의 내력을 캐낼 것이다. 종국에는 모든 수단과 방법을 동원해 너를 취하겠지. 그들은 오래전부터 너를 찾고 있었다."

"시간을 끌어봤자 말만 길어지겠군."

당엽이 요대 삼아 매어둔 허리춤의 광목을 잡아 뜯었다. 그러자 촤르르륵 소리와 함께 아홉 조각의 철편(鐵片)을 한 줄에 꿴 이상한 물건이 그의 손에 들렸다. 흡사 커다란 지네를 보는 것 같았다.

더욱 놀랄 일이 이어졌다.

당엽이 손목을 위로 꺾자 축 늘어져 있던 지네가 요란한 소리와 함께 빳빳하게 곧추섰다. 지네는 순식간에 아홉 개의 마디를 가진 오 척 장검으로 돌변해 버렸다.

이름하여 구절총검(九切總劍)이라는 물건이다.

평소엔 요대 아래에 숨겨 다니다가 적을 만나 손잡이에 내력을 주입하면 검신의 중앙을 관통하는 강사에 긴장이 가해져 단숨에 검으로 변신하는 살병.

순간 백면서생의 유약한 기도는 온데간데없고 한 마리 사나운 맹수가 그 자리에 서 있었다. 한기를 머금은 눈동자와 전신에서 뿜어져 나온 살기가 좌중의 공기를 압도했다.

느닷없이 나타난 괴병과 돌변한 당엽의 기세에 법공이 반사적으로 곤을 잡아갔다.

"이미 늦은 것 같군."

엽무백의 입에서 차분한 음성이 흘러나왔다.

그 순간.

삐우우우웅!

죽림의 서쪽 경계로부터 명적(鳴鏑)이 솟구쳤다.

공격 시작을 알리는 신호다.

때를 맞춰 죽림 곳곳에서 새떼들이 날아오르기 시작했다. 적들이 죽림을 에워싼 채 포위망을 좁혀오고 있었다.

처음엔 대나무를 모두 쳐내 은신처를 없앨 것이다. 그런 다음 가까워지면 화공을 펼칠 것이고. 하면 화력을 좁은 지역에 집중시킬 수 있다.

목옥을 중심으로 한 방원 오십여 장은 죽림에서도 유황이 가장 많이 솟아오르는 부분, 불지옥으로 변하는 것은 시간문제였다.

"괴이한 독초를 기르는 것 같던데. 아직도 요괴몽(妖怪夢)의 치료약을 찾고 있나? 이제 그만하지. 그런다고 죽은 여동생이 살아 돌아오지 않아."

엽무백이 말했다.

이게 다 무슨 말일까?

요괴몽은 뭐고, 죽은 여동생은 또 무엇일까?

영문을 알 수 없는 사람들은 엽무백과 당엽을 번갈아 보았다.

당엽의 눈동자에서 사위를 얼려 버릴 듯한 한기가 뿜어져나왔다. 그는 일말의 주저함도 없이 엽무백을 향해 성큼 다가섰다.

순간, 법공은 저도 모르게 허리춤에 매어둔 곤을 기어이 뽑았다. 그건 상대의 가공할 살기에 반응한 본능적인 움직임이었다. 당엽의 전신에서 순간적으로 폭발한 투기는 그토록 강렬했다.

조원원이 재빨리 법공의 손목을 잡아당기지 않았다면 격돌이 벌어졌으리라.

"그건… 당신이 알 바가 아냐."

당엽의 입에서 하얀 입김이 뿜어져 나왔다.

음한(陰寒) 계열의 무공을 익힌 모양, 분노로 단전이 끓어오르자 숨결에 한기가 섞여 나온 것이다. 그 광경이 어찌나섬뜩하던지 사람들은 머리카락이 곤두섰다.

"미친놈."

엽무백은 냉소를 흘렸다.

당엽이 두 눈을 허옇게 까뒤집었다.

"너도 알지, 네가 정상이 아니라는 거?"

"진정 죽고 싶소?"

"내 말을 공으로 들었군."

엽무백은 착 가라앉은 눈동자로 당엽을 응시했다. 당엽 또한 지지 않고 엽무백을 노려보았다.

불꽃 튀는 신경전이 오고 가기를 한참, 그사이 적들이 다가오는 소리는 점점 커졌다. 조원원, 진자강, 법공은 식은땀을 흘렸다. 참다못한 당소정이 엽무백을 향해 조심스럽게 말을 건넸다.

"적들이 오십 장 밖까지 접근했어요."

당엽은 갈등했다.

엽무백과 싸운다면 승패를 떠나 일각 안에는 절대로 승부를 볼 수가 없다. 반면에 적들은 반 각이 채 되기도 전에 죽림을 불바다로 만들 것이다.

이윽고 결심을 한 당엽이 물었다.

"원하는 게 뭐요?"

"나를 도와 마교와 싸워다오."

"미친 건 내가 아니라 당신이군."

"사천성 당가타에 의원이 있었다. 천하제일의 의술을 지닌 의원들이 수백 년을 흐르는 동안 약과 독으로 온갖 괴질을 치료했지."

누구라도 알 수 있듯이 사천당문을 두고 하는 말이다. 사람들은 어리둥절한 얼굴로 당소정을 바라보았다. 한데 당소정은 무언가 짐작하는 게 있기라도 하듯 차분했다.

"그 약방문을 볼 수 있도록 해주겠다."

당엽의 눈동자가 반짝였다.

사람들은 몰랐지만 당엽은 지금 흑수목(黑水牧)의 오래된 의원에 들러 약방문(藥方文)을 필사해 돌아오는 길이었다. 세월 깊은 의원의 약방문은 그 자체로 인간 질병의 기록이자 치료 정보의 보고였다.

여동생을 떠나보내고 난 후에도 당엽은 갈피를 잡지 못했다. 끝내 동생을 지키지 못했다는 죄책감은 하늘에 대한 원망으로 이어졌고, 원망은 반드시 치료약을 찾겠다는 광적인 집착으로 변질되어 갔다.

하늘이 내린 저주의 마병 요괴몽, 당엽은 반드시 치료약을 찾아 하늘을 이겨보고 싶었다. 그래서 죽은 동생의 원한을 지하에서나마 달래주고 싶었다.

지난 삼 년여 동안 동생이 앓았던 병과 비슷한 병력이 있는 사람, 그런 환자를 치료한 적이 있다는 의원들을 쉬지 않고 찾아다녔다.

부질없는 짓이었다.

비슷한 병력이 있는 사람들은 죄다 자살을 했거나 마을 사람들에게 귀신이 들렸다며 돌팔매질을 당해 죽었고, 의원들은 병명조차 몰랐다.

이제 유일한 희망은 오래된 의원의 약방문을 뒤지는 것이었다.

죽은 여동생만이 하늘의 저주를 받은 것이 아니라면 과거에 어느 한 사람쯤은 같은 질병을 앓았지 않겠는가. 환자는 반드시 의원을 찾았을 것이고, 그렇다면 세상 어느 구석엔가 그를 치료한 기록이 남아 있을지도 모르는 것이다.

하지만 그마저도 아직까지는 성과가 없었다.

그런 면에서 오백 년 역사를 지닌 사천당문의 방대한 약방문은 자료의 보고였다. 존재하기만 하다면 말이다.

"사천당문은 멸문한 지 오래요."

"사천당문은 멸문했을지 몰라도 그들의 비기와 각종 의서들은 무사하다."

"……!"

"마교는 구대문파와 오대세가를 비롯해 수많은 무림문파들을 멸문시켰지. 하지만 그들 중 어느 곳도 문파의 비기가 유출된 경우는 없었다. 멸문당하기 직전 모두 불살라 버렸기 때문이라고 하지만 과연 그럴까?"

"무슨… 뜻이오?"

"일문의 문주들은 바보가 아니다. 그들은 자신들의 무맥이 끊어지는 것을 원치 않았을 것이고, 문파의 진전을 세상 깊숙한 곳에 숨겨둔 다음, 살아남은 후예들에게 그곳의 위치를 말해주었을 것이다. 언젠가 마교가 멸망하는 날이 오면 자신들의 후예가 문파를 재건해 주길 바라면서. 사천당문의 경우엔 독공과 암기술, 그리고 의술이 그것이지."

조원원, 법공, 진자강이 서로 시선을 나누며 그런 일이 있었냐고 표정으로 물었다. 모두 금시초문이라는 얼굴들이었다.

이상하지 않은가?

자신들 세 사람은 각각 해월루, 소림, 광동진가의 유일한 생존자이지만 문파의 비급을 따로 보관해 둔 장소가 있다는 말은 들어본 적이 없다.

하지만 엽무백의 말도 그럴듯하다.

자신의 대에서 무맥이 끊어지는 걸 바라보고만 있을 문주가 세상 어디에 있으리오. 세 사람의 시선은 자연히 당소정을 향했다. 사천당문의 경우에는 어떠냐는 뜻이다.

당소정은 오히려 엽무백을 바라보고 있었다.

그녀의 눈동자에는 놀람과 당혹감이 가득했다.

세 사람의 머릿속에 똑같은 생각이 떠올랐다.

'설마……!'

"당문의 일족은 대야산에서 귀환도가 이끄는 철갑귀마대에게 몰살을 당한 지 오래요. 설사, 비기를 숨겨둔 비처가 있다고 한들 무슨 수로 찾는단 말이오?"

당엽이 말했다.

어조로 보아 그 역시 엽무백과 똑같은 생각을 했었나 보다. 조원원, 법공, 진자강의 얼굴에 슬그머니 미소가 번졌다.

엽무백이 말했다.

"그날 한 명이 살아남았어. 이름은 당소정. 독왕(毒王) 당사량의 딸이자 사천당문의 소공녀였지."

"무슨……?"

"인사들 나누지. 이쪽은 당엽, 이쪽은 당소정. 그러고 보니 성이 같군."

당소정이 한 걸음 앞으로 나서며 포권지례를 했다.

"당소정이에요."

당엽의 두 눈이 튀어나올 듯 커졌다.

"진정 당신이 독왕의 딸이란 말이오?"

"두 분이 말씀하시는 독왕이 사천 당가타에 사시던 그 독왕이라면 제가 그분의 딸이 맞아요."

"십병귀의 말이 사실이오?"

당엽이 달뜬 음성으로 물었다.

당문의 각종 비기를 숨겨둔 곳이 있느냐는, 그 위치를 아느냐는 뜻이었다.

"절반은 맞고 절반은 틀려요. 마교가 침공할 당시 당문은 무림의 운명이 풍전등화에 놓였다는 걸 알았죠. 그리고 마교가 당문으로 쳐들어오기 보름을 남겨두고 각종 기진이보과 비기들을 은밀히 비처로 옮기는 작업에 착수했어요. 그때 나온 약방문이 큰 수레로 오십 대 분량이었죠. 현실적으로 그모든 걸 옮길 수는 없었어요. 그래서 아버님께서는 태워 버리라고 하셨죠."

"……!"

당엽의 얼굴은 희망에서 환희로, 환희에서 다시 절망으로 바뀌었다. 큰 수레로 오십 대 분량이면 그야말로 어마어마한 질병의 기록들이 적혀 있었을 것이다.

오백 년 역사를 지닌 당문의 의원들이 처방한 것이라면 약재의 배합 역시 범상치 않았을 터, 당엽에게는 무림 비급이 사라진 것보다 더 애석한 일이었다.

앞뒤 사정은 모르지만 시시각각으로 변하는 당엽의 표정을 지켜보던 사람들은 자신들도 모르게 가슴 한쪽이 시려왔다. 당엽의 절절한 마음이 그대로 전달된 탓이다.

그때 당소정이 말했다.

"하지만 모두는 아니에요."

"……?"

"고뿔이나 배탈 같은 흔히 볼 수 있는 약방문은 모두 태웠지만 오직 당문에서만 볼 수 있는 괴질에 관한 것들은 보관했죠. 그 분류 작업을 바로 제가 지휘했고요."

당엽은 크게 충격을 받았다.

그는 진심으로 갈등했다.

사천당문의 오래된 약방문이라면 대륙 어느 의원에서도 보지 못한 것을 만날 수도 있다. 괴이한 불치병일수록 사람들은 천 리 길도 마다치 않고 용한 의원을 찾게 마련이니까.

하지만 십병귀를 도와 마교를 치는 모험을 강행할 정도로 가치가 있을까? 아무리 사천당문이라고 해도 내가 찾는 게 있으란 법은 없다. 불확실한 가능성에 목숨을 걸기보다는 시간이 걸리더라도 지금처럼 세상을 떠돌며 방법을 강구하는 게 나을지도 모른다.

그때쯤엔 죽림에서 발걸음 소리가 들리기 시작했다. 적들이 지척까지 접근한 것이다. 사람들은 잔뜩 긴장한 기색으로 엽무백을 바라보았다. 하지만 엽무백은 일체의 미동도 없이 당엽만 응시했다.

"돌아들 가시오."

말과 함께 당엽이 돌아섰다.

그는 엽무백을 돕지 않기로 결정을 내렸다.

"요괴몽이라고 하셨죠?"

당소정이 그를 불러 세웠다.

당엽이 걸음을 멈추고 당소정을 돌아보았다.

"눈을 감으면 우귀사신(牛鬼蛇神)들이 나타나 자신의 몸을 뜯어먹는 환청과 환각에 시달리다가 끝내 죽고 만다는 천형, 맞나요?"

당엽의 눈이 휩뜨여졌다.

"요괴가 꾸는 꿈이라. 정말 그럴듯한 이름이네요. 사천당문에서는 백귀환(百鬼幻)이라 불렀죠. 환각 속에서 백 번째 귀신을 만날 때쯤이면 정기신이 고갈되어 결국엔 죽음에 이른다고."

그렇게나 많은 귀신을 만났었나.

당엽은 살아 있을 당시 여동생이 겪었을 고통이 떠올라 괴로웠다. 자신이 돈을 벌기 위해 사람을 죽이러 나간 사이 여동생은 혼자 귀신들과 싸웠던 것이다. 얼마나 힘들었을 것인가. 얼마나 괴로웠을 것인가.

"그 약방문이 아직도 있소?"

"당문은 한 번도 보지 못한 괴질이 나타나면 따로 편(編)을 묶어 보관하는 전통이 있죠. 그러면 다음 대의 의원이 그걸 또 연구하고, 약방문을 덧붙이고, 그렇게 세월이 흐르면 언젠가 누군가는 반드시 치료법을 찾고야 말죠."

"그 말은……?"

"백귀환은 질병의 이름이기도 하지만 동시에 약방문과 치료법을 집대성한 의서의 이름이기도 해요."

"……!"

"……!"

"……!"

"……!"

조원원, 법공, 진자강, 그리고 이번엔 엽무백까지도 매우 놀랐다. 당문 정도라면 요괴몽에 대한 기록이 있을지도 모르겠다는 생각은 했지만, 그것을 치료하는 방법에 대한 의서까지 존재했다니.

역시 당문이지 않은가.

누구보다 놀라고 당황한 사람은 요괴몽의 치료법을 찾아 평생을 헤맨 당엽이었다.

"만약 나를 끌어들이기 위해 수작을 부리는 것이라면 당신과 여기 있는 사람 모두는 사신(死神)을 만날 각오를 해야 할 것이오."

"사문의 명예를 걸고 말하건대, 그런 일은 없을 거예요."

당소정을 한참이나 응시하던 당엽이 돌연 엽무백을 돌아보며 말했다.

"내가 뭘 하면 되오?"

그때였다.

빠빠빠빠빵!

괴이한 폭발음이 연속적으로 들렸다.

사람들의 시선이 일제히 소리가 난 곳으로 향했다. 저 멀리 죽림 깊숙한 곳으로부터 불꽃이 작렬하고 있었다. 적들이 화공을 펼치면서 대나무가 폭발하기 시작한 것이다.

엽무백의 입에서 서늘한 명령이 떨어졌다.

"당엽, 길을 열어라."

第二章

명계(冥界)의 고수들.

十兵鬼
십병귀

화마에게 삼켜진 죽림의 포효는 충격이었다.

유황 밭에서 유황의 증기를 쐬고 자란 대나무는 그 자체가
이미 유황 덩어리였다. 게다가 하나같이 수십 년의 수령을 지
닌 탓에 조직이 치밀하고 내부의 압력이 높았다. 대나무가 뻥
뻥 터질 때마다 흡사 폭탄이 터진 것과 같은 충격파가 좌중을
휩쓸었다.

유황은 대나무에만 있는 것이 아니었다.

바닥에 수북이 쌓인 댓잎 아래에도 있었고, 땅으로부터 올
라오는 신비한 안갯속에도 있었다. 사방에 가득한 유황은 눈

깜짝할 사이에 죽림 전체를 거대한 불지옥으로 만들어 버렸다.

그 한가운데를 당엽이 달렸다.

그의 손에 들린 오 척 장검이 춤출 때마다 전방의 대나무들이 폭풍을 만난 갈대처럼 쓰러졌다. 그러면 엽무백이 가지가 잔뜩 달린 대나무를 들고 빈 공간을 향해 사방에서 덮쳐 오는 화마를 쓸고 다스렸다.

두 사람이 앞장을 서자 없던 길이 생겨났다.

살을 익힐 듯한 열기, 사방에서 빵빵 터져대는 폭음, 질식할 듯한 연기 속에서 여섯 명은 묵묵히 달렸다.

사방이 불바다인지라 한 치 앞을 볼 수가 없다.

방향감각을 잃은 지 오래고, 어디쯤 가고 있는지도 알 수 없다. 방법은 오로지 당엽의 등을 보며 그가 이끄는 대로 달려가는 것뿐이었다.

당엽은 지독한 화마 속에서 몇 번이나 방향을 꺾어가며 길을 잡았다. 죽림 곳곳에 약초를 심어둔 그가 길을 모를 리 없었다.

그가 방향을 꺾는 데는 분명히 이유가 있었다.

그는 천라지망의 가장 약한 곳을 찾고 있었다. 한 치 앞도 보이지 않는 상황에서 화마 저 너머에 있는 적들의 포진을 어떻게 아는 걸까?

그게 무엇인지 모르지만 엽무백이 당엽을 필요로 하는 이유 중 하나일 것이리라.

하지만 문제는 따로 있었다.

"조심해!"

엽무백의 일성.

뒤를 이은 파공성.

쒜애애액!

좌방에서 십여 대의 화살이 불꽃을 가르며 날아들었다. 대부분은 한참 앞쪽이나 뒤쪽을 노렸지만 그중 한 대가 정확히 여섯 명의 중동을 파고들었다.

"어딜!"

법공이 벼락처럼 곤을 휘둘렀다.

땅! 소리와 함께 튕겨 나간 화살은 화염에 휩싸인 왼편의 대나무를 반으로 쪼개며 사라졌다.

"철시(鐵矢)!"

조원원의 입에서 고함이 터졌다.

"비궁대(飛弓隊)야. 열 명이 일조로 움직이는데 철시를 날려 되돌아오는 소리로 적의 위치를 파악하지."

엽무백이 말했다.

법공이 화살을 때려 보내는 바람에 오히려 위치를 노출했다는 말이 된다. 사람들의 시선이 모두 법공을 향했다. 이제 어쩔 거냐는 투였다.

"그럼 맞고 있어!"

법공이 버럭 소리를 질렀다.

그 순간, 사방에서 화살이 비 오듯 쏟아지기 시작했다. 대경실색한 사람들은 진자강을 가운데 두고 호위하는 한편 급박하게 각자의 병장기를 휘둘러대기 시작했다.

따다다당!

콩 볶는 소리가 끊이지 않고 터졌다.

한두 발이라면 모를까. 화마 속에서 느닷없이 튀어나오는 수십 발의 철시를 튕겨내기란 여간 어려운 일이 아니었다. 하나같이 일신에 절정의 무공을 지니지 않았다면 고슴도치가 되어 죽어도 여러 번 죽었을 것이다.

하지만 사람들은 위기를 넘겨가며 계속해서 달렸다.

화살은 끈질기게 따라붙었다.

첫 번째 금속성을 시작으로 사람들은 비 오듯 쏟아지기 시작한 화살은 죽지 않기 위해서라도 어쩔 수 없이 튕겨낼 수밖에 없었고, 그때 생긴 소리는 사람들이 달려가는 방향과 궤적을 적들에게 알려주고 있었다.

아무리 절정의 무공을 익혔다 한들 일다경이 넘도록 쏟아지는 화살을 피할 수는 없다.

"앗!"

후미에서 진자강의 등까지 보호하느라 두 배나 많은 동작을 펼치던 당소정이 왼쪽 다리에 기어이 일발을 허용하고 말았다.

"멈춰!"

엽무백의 짧은 명령이 떨어졌다.

달리기를 멈추기 무섭게 사람들은 쓰러진 당소정을 에워싸고 날아오는 화살들을 튕겨냈다.

"걸을 수 있겠소?"

엽무백이 물었다.

"물론이에요."

말과는 달리 당소정은 몸을 일으키다 말고 다시 풀썩 쓰러졌다. 엽무백이 재빨리 그녀의 발목을 비틀어 상처 부위를 살폈다.

화살이 하필이면 발목과 정강이 사이의 관절에 박혔다. 이러니 일어서자마자 쓰러질밖에. 당소정은 스스럼없이 화살을 잡아 뽑으려 했다. 엽무백이 그녀의 손목을 덥석 잡았다.

"비궁대의 화살엔 살상력을 높이기 위해 독을 바른 역린이 달려 있소. 강제로 뽑으려다 자칫 힘줄이라도 끊어버리면 불구가 될 수도 있소."

독과 암기의 대가인 당소정이 어찌 그걸 모를까.

"화살을 뽑지 않으면 독이 퍼질 거예요."

화살을 뽑으면 힘줄이 끊어져 평생 불구가 된다. 뽑지 않으면 독이 퍼져 목숨을 잃는다. 둘 중 하나를 선택해야 하지만 어느 쪽을 선택하든 무인에겐 치명적인 부상이다. 비궁대가 무서운 게 바로 이것 때문이었다.

엽무백은 일단 혈도를 눌러 독이 퍼지는 것을 막았다. 그리고 물었다.

"얼마나 버틸 수 있겠소?"

사천당문의 소공녀이니 독에 대해선 그녀가 가장 잘 알 것이다. 지금 당장 해독을 했으면 좋겠지만 화살은커녕 지독한 화마 때문에라도 여기선 한시도 머뭇거릴 수가 없다.

"일각까진 독기를 멈추게 할 수 있어요."

엽무백이 최대한 발목과 가깝게 화살을 잡았다. 뚝! 소리와 함께 철시가 반 뼘 정도를 남겨두고 부러졌다. 그 상태에서 당소정을 번쩍 들어 안았다.

당황한 당소정의 얼굴이 벌게졌다.

"한 손은 장창을 들어야 하오."

엽무백이 말했다.

"네?"

"내 목을 붙잡으시오."

그제야 말뜻을 알아차린 당소정이 두 팔로 엽무백의 목을 감았다. 양손으로 깍지를 끼고 단단히 고정하자 엽무백이 사람들을 돌아보며 말했다.

"당엽, 다시 길을 열어라. 법공, 대나무를 들고 화마를 쓸어라. 조원원은 좌방을 맡고 진자강은 우방을 맡는다. 진자강, 할 수 있겠어?"

"물론이죠."

진자강이 검파를 힘껏 쥐어 보였다.

"좋아. 출발!"

당엽이 다시 대나무를 쳐내며 달리기 시작했다.

법공은 대나무 두 개를 더 잘라 양손에 움켜쥐고는 압도적인 완력을 이용해 사방에서 달려드는 화마를 좌우로 쓸어댔다.

두 사람이 열어주는 길을 따라 네 사람이 다시 달렸다. 화살은 늪의 모기떼처럼 여전히 끈질기게 따라붙었다. 조원원은 아슬아슬했지만 결국엔 화살을 모두 쳐냄으로써 검진의 좌방을 완벽하게 수호했다.

놀라운 건 진자강의 움직임이었다.

일행 중 가장 무공이 약한 진자강이 오히려 누구보다 빠른 도초로 화살을 거뜬히 쳐내는 것이 아닌가.

모두가 당황한 와중에도 가장 놀란 사람은 역시 진자강 자신이었다. 그 이유를 조원원이 달리는 와중에 설명했다.

"취우불관산(驟雨不貫傘), 대단한걸."

"진가도에 그런 초식이 있는 걸 어떻게 알았어요?"

"그걸 왜 몰라. 진가도를 유명하게 만든 초식들 중 하나가 그건데. 그렇다고 해도 대단한걸. 패도의 핏줄이라 이거지?"

취우불관산. 소나기는 우산을 뚫을 수 없다는 뜻이다. 이 초식은 사실 초식이라기보다 진가도를 수련하고 일정한 경지에 이르면 나타나는 독특한 징후다.

초와 식이 끊이지 않고 흐르다 보면 자연스럽게 검막의 초기 형태가 만들어지는데, 이 경지를 바로 취우불관산이라고 한다. 취우불관산은 한 단계의 성취를 이루었다는 증표와 함께 또 다른 관문의 시작을 알린다.

이 관문을 넘어서게 되면 초와 식의 경계가 사라지고 검초가 비로소 자유를 얻게 된다. 형을 답습만 하던 수준에서 벗어나 응용을 하게 되는 것이다.

진자강 역시 그 사정을 잘 알았다.

신명이 난 진자강은 검초에 더욱더 힘을 실었다. 한데 이번엔 바로 그것 때문에 실수가 생겨났다. 우방에서 날아든 화살 하나가 검막을 뚫고 목젖에 이른 것이다.

"앗!"

비명과 함께 진자강의 검초가 흐트러졌다.

따앙!

맹렬한 금속성과 함께 화살이 튕겨 나갔다.

일촉즉발의 순간 후방에서 따르던 엽무백이 창을 뻗어 막아낸 것이다.

"마음이 흔들리면 칼끝도 흔들린다."

"명심할게요."

여섯 사람은 계속해서 달렸다.

화마를 뚫고 돌진한 지 일각, 여섯 사람은 너나 할 것 없이 살갗이 발갛게 익었다. 머리카락을 그슬려 버리는 화기도 화기였지만 불길이 주변의 공기를 모두 태워 버려 숨을 쉬기가 어려웠다.

'서두르지 않으면 질식해 죽는다.'

모두의 머릿속에 떠오른 생각이었다.

그런 사정을 잘 아는 당엽은 더욱 속도를 냈다. 화살 공격은 계속해서 이어졌지만 사람들의 위치만 파악하는 데 그쳤을 뿐 한 명도 쓰러뜨리지 못했다.

화마에 이어 화살 공격도 수포로 돌아가자 적들은 더욱 과감한 시도를 했다. 놀랍게도 화마를 뚫고 들어와 근접 공격을 하기 시작한 것이다. 엽무백이 가장 먼저 그걸 알아차렸다.

"조원원, 좌방!"

조원원의 연검이 빗살처럼 허공을 갈랐다.

까라랑!

다급한 금속성에 이어지는 비명.

"커헉!"

한 사람이 피를 뿜으며 쓰러졌다.

물을 흠뻑 머금은 거적을 뒤집어쓴 자였다.

엽무백은 달리는 와중에 창끝으로 거적을 슬쩍 걸어 올린 다음 당소정의 몸을 덮어주었다. 가장 뒤에서 달리는 자신 덕분에 당소정이 화기에 가장 강하게 노출되었기 때문이다.

"진자강, 우방!"

쒜액!

진자강의 칼이 허공을 갈랐다.

하지만 상대의 움직임은 더욱 기민했다.

파공성을 들은 괴인은 우검으로 칼을 받아내는 한편, 좌수에 든 비도로 진자강의 아랫배를 갈라갔다. 장병과 단병을 섞어 상대의 빈틈을 노린 것이다.

하지만 그는 자신을 향해 날아든 칼이 진가도라는 걸 몰랐다.

따앙!

귀청을 찢는 금속성과 함께 괴인의 칼이 두 동강 나버렸다. 진자강의 칼이 만드는 궤적은 이후로도 이어져 괴인의 어깨마저 잘라 버렸다. 비도를 든 좌수가 뚝 떨어져 나갔다.

"헉!"

짧은 비명과 함께 적이 나동그라졌다.

이번 한 수는 진자강도 매우 놀랐다.

살기를 느끼자마자 젖 먹던 힘까지 쥐어짜 일도를 크게 휘둘렀을 뿐이다. 부지불식간에 힘을 한 점으로 모으라던 엽무백의 말이 떠올라 칼끝에 모든 힘을 집중하고 궤적의 정점에 적의 칼이 오게 했을 뿐이다.

그런데 그 결과는 엄청났다.

진자강의 눈동자에 불이 붙었다.

앞서 신명이 나서 싸웠던 것과는 달랐다.

이번엔 자신감이었다.

진가도에 대한 자부심, 내공을 익히지 않아도 충분히 위력을 낼 수 있다는 확인에서 오는 자신감.

적들은 계속해서 나타났다.

그때마다 조원원과 진자강은 소명을 다했다.

그러다 문득 조원원은 엽무백이 전면에 나서지 않고 있다는 것에 생각이 미쳤다. 엽무백은 당소정을 둘러메고도 능히 열 사람, 백 사람 몫을 할 수 있는 초극강의 고수였다. 그럼에도 불구하고 모든 싸움을 자신들에게 양보할 뿐, 일절 나서지 않았다.

기회를 주기 위해서다.

그는 자신들에게 실전 수련을 시키고 있었다.

'그는 이 정도로 난관이라 생각지 않는 거야.'

당엽이 있었든 있었지 않았든 엽무백은 죽림을 뚫고 나갈 자신이 있었던 것이다.

하지만 수련을 위한 시간은 오래 주어지지 않았다. 오십여 장을 더 달렸을 무렵 십여 개의 장검이 좌우에서 화마를 뚫고 쇄도했다. 사람이 보이기도 전에 병기가 먼저 날아올 정도로 빠른 수법. 노련한 살수들이 틀림없었다.

조원원과 진자강은 소름이 끼쳤다.

한두 명은 어떻게 해보겠지만 파도가 밀려오는 것처럼 쇄도하는 수십 개의 장검을 상대하는 일은 더 이상 수련일 수 없었다.

그때였다.

따다다당.

"커헉."

"허억!"

맹렬한 금속성 뒤에 이어지는 단말마.

후방에서 달려오던 엽무백이 장창을 난사한 것이다. 분명 엽무백이 뛰쳐나온 것 같은데, 그는 어느새 후방으로 돌아가 전체를 조망하며 달리고 있었다.

금속성과 비명은 계속해서 이어졌다.

엽무백은 후방에서 사람들을 엄호하는 한편, 장병인 창을 이용해 검진을 뚫고 들어오는 적 장검의 수를 조절했다.

덕분에 조원원과 진자강은 자신들의 한계를 넘나들며 다시 수련을 이어나갈 수 있었다. 물론 그 모든 것을 조절하는 것은 엽무백이었다. 삼 장 안에 있으면 반드시 지켜주겠다는 약속을 그는 지금도 지켰다.

든든했다.

그가 곁에 있으면 없던 힘도 생겨났다.

제아무리 사면초가의 상황에 빠져도 이상하게 죽을 거라는 생각이 들지 않는다. 그 옛날 정도무림이 건재하던 시절 대사형과 함께 강호를 주유하던 막내 제자의 심정이 이러할까?

피 튀기는 전투와 상념이 이어지길 한참, 불길이 사라지며 시야가 트였다. 마침내 죽림을 벗어난 것이다.

거대한 화마로 돌변한 죽림의 바깥엔 커다란 계곡이 버티고 있었다. 맑은 물이 흐르는 폭 십여 장의 계곡 건너편은 가파른 경사와 함께 숲이 펼쳐졌다.

그 숲 아래에 적들이 포진해 있었다.

숫자는 이천여 명, 천라지망의 가장 약한 곳을 뚫고 나왔지만 적들 역시 기민한 반응으로 모든 힘을 한 곳에 집중시켰다. 결과적으로 화마 속에서 치른 격전이 궤적을 알려준 셈이었다.

"부상자가 있나 보군."

누렇게 빛나는 황금 옷을 입은 뚱보 노인이 말했다. 북천삼시의 맏형 격인 음산요랑(陰山妖狼)이었다. 두 자루 요령을 무기로 쓰는데 그 수법이 사이하고 악랄하여 명계에서도 수위를 다투는 초고수였다.

엽무백은 당소정을 계곡가 바위에 앉힌 다음 물었다.

"중은 제 머리 못 깎는다는데, 의원은 어떤지 모르겠군."

"중이 아니라 누구라도 제 머리는 못 깎죠."

"일각을 주겠소."

"충분해요."

"조원원, 도와줘."

"알았어요."

조원원이 당소정의 곁에 앉으며 상처를 살폈다.

엽무백은 적들을 향해 천천히 돌아섰다.

계곡을 가운데 두고 마주한 이천여 적의 시선이 일제히 엽무백을 향했다. 엽무백은 그들 모두를 쓸어본 후 장창을 바닥에 세우며 말했다.

"한꺼번에 덤비겠어? 아니면 우두머리들끼리 승부를 볼까?"

"주장전으로 유도하고 싶나?"

"한 명이라도 더 살아서 돌아가고 싶지 않나?"

"그 한 명이 너희를 말하는 건 아니렷다?"

"말귀를 알아듣는 걸 보니 아주 벽창호는 아니군."

"후후. 아이야. 혈랑삼대(血狼三隊)의 병력 이천이 모였다. 목숨이 붙어 있을 성싶으냐?"

혈랑삼대는 본시 정도무림과의 전쟁을 위해 초공산이 만든 하나의 병단이었다. 후일 마교가 천하를 일통하고 더 이상 적이 없자 초공산은 이들에게 신궁 수호를 맡겼다.

하지만 초공산이 병상에 눕고 제자들 간의 권력 다툼이 한창일 당시 삼공자 장벽산의 그늘에 깃들었고, 장벽산의 수하였던 불곡도 신무광은 그들을 세 개의 대로 쪼개 혈랑삼대라는 이름을 붙이고 타격대로 만들었다.

비궁대가 바로 그 혈랑삼대의 하나다.

삼대 중 가장 적은 인원으로 구성되었지만, 비궁대가 화살로 엄호하고 다른 두 타격대가 지원을 한다면 구대문파도 다시 쓸어버릴 수 있었다.

하지만 엽무백은 태연했다.

"언제부터 북천삼시가 개 떼 뒤에 숨었지?"

"영악한 놈이구나. 과거에도 그랬고, 앞으로도 그렇고. 북천삼시는 결코 남의 뒤에 숨는 법이 없을 것이다."

비정상적으로 긴 팔다리를 지닌 노인이 말했다. 별호는 비응신장(飛応神掌). 북천삼시의 둘째로 하늘 아래 그의 일장을 받아낼 사람이 없다는 장법의 대가였다.

"앞으로는 없어. 다른 사람은 몰라도 너희 셋은 오늘 내 손에 확실하게 죽을 테니까."

엽무백이 착 가라앉은 음성으로 말했다.

"네놈이 정녕 관을 봐야 눈물을 흘리렷다!"

대갈일성과 함께 비웅신장이 진각을 밟았다.

그가 십여 장의 거리를 단숨에 좁히며 계곡을 뛰어넘는 순간, 엽무백의 장창이 허공을 때렸다.

뚜웅!

고찰의 범종을 두들기는 듯한 음파와 함께 비웅신장이 튕겨 나갔다. 격돌의 순간 쌍장을 떨쳐 장창의 경력을 막아냈고, 그 충격파를 이기지 못해 밀려난 것이다.

사실 비웅신장은 엽무백의 이런 반격을 충분히 예상했다. 단지 장창 한 번 휘두르는 것으로 그만한 경력을 발산할 줄 몰랐기에 크게 당황했을 뿐.

고수들 간의 싸움에선 단 한 번의 격돌로 상대의 무공 수위를 판가름할 수 있다. 비웅신장이 느낀 엽무백의 무공은 결코 자신의 아래가 아니었다.

'어디서 이런 괴물이 튀어나온 거지?'

하지만 엽무백의 진짜 공격은 이후부터 이어졌다. 신형을 날려 가볍게 계곡 위로 떨어진 엽무백은 등평도수의 수법을 발휘 연거푸 장창을 내질렀다.

일창이 작렬할 때마다 창끝에서 웅온한 경파가 일었다. 비응신장은 명계의 노마답게 시작부터 강력한 장력으로 창로를 비틀었다.

창과 장력이 격돌했다.

대기가 떵떵 울리고 물줄기가 허공으로 솟구쳤다. 그건 흡사 두 마리의 용이 싸우는 것과도 같았다. 막강한 경파를 이기지 못한 사람들은 계곡에서 십여 장 바깥으로 물러나기 바빴다.

등평도수를 펼치는 두 명의 고수가 출현한 것만으로도 입이 떡 벌어질 지경인데, 방원 십여 장을 뒤집어 버리는 경력이라니.

특히 북천삼시의 맏형 음산요랑과 셋째 사라신녀(沙羅神女)가 느끼는 충격은 컸다. 비응신장은 적수를 찾기 어려울 정도의 초절정고수, 그런 그를 상대로 동수를 이룰 정도의 고수를 만나리라고는 생각지도 못했다.

더구나 상대는 새파란 애송이지 않은가.

하지만 비응신장이 이길 거라는 생각에는 추호의 의심도 없었다. 지금도 비응신장이 일방적인 공격을 퍼붓고 있지 않은가.

퍼엉!

비응신장의 강맹한 장력이 엽무백의 왼쪽 어깨를 정통으로 때렸다. 몸을 비틀며 세 걸음을 물러나는 엽무백의 어깨에 혈수인(血手印)이 시뻘겋게 찍혔다. 비응신장의 절기 혈염장(血炎掌)이다.

격장의 순간 강력한 화기가 몸속을 침투, 사방으로 퍼지면서 살과 뼈와 내장을 모두 태워 버린다는 전설의 마공.

이 모든 걸 가능케 하는 근원은 수천 구의 시체로부터 흡수한 시기(屍氣)다. 시기가 응축되고 또 응축되면서 오감이 측량할 수 있는 화기의 형태를 띠는 것이다.

"하하하. 산이 높고 바다가 넓은 줄을 알겠느냐!"

일장을 격중시킨 비응신장은 삼 장이나 물러나 광소를 터뜨렸다. 그의 신형은 여전히 물 위에 둥둥 떠 있었다.

하지만 그는 곧 웃음을 그칠 수밖에 없었다.

혈염장을 맞게 될 경우 백 중 백 수증기를 뿜으며 혈수인의 색이 점점 짙어진다. 그러다 석탄처럼 검게 변하고 종래에는 사람의 목숨을 앗아간다. 그게 혈염장에 맞은 사람들의 일반적인 반응이다.

한데 엽무백의 어깨에 찍힌 혈수인은 물에 풀린 것처럼 점점 옅어졌다. 잠시 후에는 그나마 흔적조차 사라져 버렸다.

계곡을 가운데 두고 양쪽에 포진한 사람들 모두가 경악했다.

틀림없이 죽었다고 생각했거늘…….

비응신장의 눈썹이 파르르 떨렸다.

그 와중에도 비응신장은 자신이 질 거라는 생각은 하지 않았다. 평생을 누구에게 져본 적이 없거니와 상대의 몸이 뼈와 살로 이루어진 이상 반드시 찢어발길 수 있었다.

"네놈의 명줄이 얼마나 질긴지 보자!"

한 발을 빼며 태극을 그리는 비응신장의 손아귀에 커다란 구체가 생겨났다. 시뻘건 화염과 함께 맹렬하게 회전하는 그것은 혈염장이 극성에 이르렀을 때 나타난다는 화륜(火輪)이었다.

부악!

화륜이 대기를 찢으며 날았다.

엽무백이 한 손을 가볍게 휘두른 것도 동시였다.

꾸앙!

굉음과 함께 산천초목이 부르르 떨었다.

엽무백의 장력에 부딪혀 방향을 바꾼 화륜은 계곡 건너편의 가장자리를 가격했다. 그 모습이 흡사 혜성이 떨어지는 것 같았다.

콰콰콰쾅!

엄청난 충격파가 계곡과 사람들을 휩쓸고 지나갔다. 바위의 파편과 물과 사람과 병장기들이 파편이 되어 허공으로 치

솟았다.

그리고 나타난 풍경은 가히 경악스러웠다.

엽무백이 어느새 비응신장의 눈앞까지 다가와 버티고 선 게 아닌가.

대경실색한 비응신장이 쌍장을 하나로 모아 출수했다. 그건 생명의 위협을 느낀 상태에서 그야말로 본능적으로 출수한 절체절명의 일초였다.

하지만 엽무백은 오른손에 창을 든 상태에서 좌장을 가볍게 뻗어 비응신장의 쌍장을 받아냈다. 굉음이 다시 한 번 뒤를 이었다.

뻐벙!

뼈와 살을 파괴시키는 혈염장의 진기가 폭사되었음에도 불구하고 엽무백의 신색은 태연했다. 반격을 위해 비응신장은 재빨리 양손을 거두려 했다. 순간, 비응신장의 얼굴이 썩어 문드러졌다.

엽무백의 다섯 손가락이 비응신장의 양손을 한꺼번에 깍지 끼듯 움켜쥐고 놓아주질 않았던 것이다. 무언가 잘못되었음을 깨달은 비응신장이 재빨리 진기를 끌어 올렸지만 소용없었다.

엽무백의 좌장에서 희뿌연 광채가 새어 나왔다. 비응신장은 몸 안의 진기가 급속도로 빨려 들어가는 것을 느꼈다. 평생을 흡취한 시기다. 동류의 무공을 익히지 않은 사람에겐 맹독과도 같은 기운.

"시흡장(哋吸掌)……."

비응신장이 목구멍을 쥐어짰다.

얼굴은 급속도로 노화가 진행되어 종잇장처럼 쭈글쭈글해져 갔다. 그 순간, 후방에서 기다란 흑선이 날아와 비응신장의 양손을 뎅겅 잘랐다.

"으악!"

비응신장이 비명을 지르며 물러났다.

시커멓게 죽은피를 사방으로 뿌리며 물러나는 그를 대신해 한 사람이 뛰어들었다. 허공을 찢어발기는 소리와 함께 괴이한 채찍이 엽무백을 난자하기 시작했다.

사라신녀가 등장한 것이다.

천 년 묵은 독각망(獨角蟒)의 가죽을 벗겨 만든 저 채찍의 이름은 혈선사(血線蛇), 채찍이 허공을 가르면 기다란 혈선이 생겨난다고 해서 붙은 이름이었다.

"내 오늘 네놈을 잡지 않으면 사람이 아니다!"

대로한 사라신녀는 선불 맞은 소처럼 날뛰었다. 북천삼시가 강호에 등장한 이래 첫 패배를 기록한 것만으로도 치욕스러운데, 자신의 손으로 비응신장의 손목까지 잘라야 했다. 모욕도 이런 모욕이 없다.

그때였다.

딸랑딸랑.

사이한 요령 소리와 함께 음산요랑이 가세했다.

"좌방을 맡아라."

"이게 무슨 짓이에요!"

[아직도 모르겠느냐? 놈은 초공산의 진전을 이었다. 체면을 따질 때가 아니다!]

음산요랑의 전음이 귓속을 파고들었다.

사라신녀의 얼굴이 하얗게 질렸다.

이게 무슨 말도 안 되는 소리란 말인가.

혼세신교의 전대 교주들은 오랜 옛날부터 북방 새외를 일통하기 위해 피의 전쟁을 벌여왔다. 칠대 혼마였던 초공산의 대에 전쟁은 극에 달했고, 마침내 구주팔황과 사해오호를 정복하기에 이르렀다.

북천삼시는 바로 그 초공산에게 겨우 오 초식 만에 패했다. 초공산은 인간이 아니다. 그는 인간의 탈을 쓴 신(神)이다. 자신들에게 유일한 패배를, 그것도 무참하게 안겨준 초공산의 진전을 눈앞의 저 사내가 이었다고?

사실이라면 스물여덟 번째 제자가 등장한 셈이다. 그의 등장이 무서운 건 무공 때문이다.

지금까지의 행적으로 볼 때 그는 초공산이 길러낸 그 어떤 제자들보다 월등히 뛰어나다. 교주가 된 칠공자 천제악도, 죽은 삼공자 장벽산도 철갑귀마대를 혼자서 몰살할 수는 없다. 비응신장과 싸워 동수를 이룰 수는 있겠지만 맨손으로 혈염장을 받아낼 수는 없다.

혼세신교가 발칵 뒤집힐 일대사건.

사라신녀는 만박노사가 놈의 정체에 대해 함구한 이유를 그제야 알아차렸다. 음산요랑이 전음을 통해 놈의 정체를 알려준 것도.

놈의 존재가 알려지게 되면 혼세신교엔 다시 한 번 태풍이 몰아친다. 만박은 지금과 같은 상황을 충분히 예상했을 것이다.

그럼에도 불구하고 자신들을 보낸 것은 놈을 반드시 죽이라는 뜻이다. 스물여덟 번째 제자가 아니라 서른여덟 번째 제자가 나타난다 하더라도 죽고 나면 무슨 소용인가. 그 말은 곧, 놈을 죽이지 못하면 자신들이 죽는다는 뜻이다.

第三章

차도살인지계 借刀殺人之計

十兵鬼
십병귀

음산요량은 폭풍과도 같은 기세로 엽무백의 우방을 공략
해 갔다. 기다란 자루로 말미암아 이 척이 넘는 요령은 그 자
체로 기형 병기인 동시에 술법을 펼치는 법구(法具)였다.

창과 요령이 부딪치며 요란한 굉음이 울렸다.

그때마다 주변 사람들은 심령이 사방으로 흩어지는 충격
을 받았다. 일정한 박자와 음률로 울리는 요령이 인간 내면의
파장과 동화되어 정기신을 극단으로 끌어 올렸다가 다시 극
단으로 떨어뜨리는 일이 반복되는 것이다.

간단한 일이 아니다.

범인은 요령을 듣는 순간 몸이 비정상적으로 뒤틀리며 칠공에서 피를 흘리다 죽게 된다. 무공을 익힌 사람이라고 해도 크게 다르지 않았다.

상대적으로 내력이 약한 사람들은 벌써부터 바닥에 쓰러져 눈알을 허옇게 까뒤집으며 발작을 했다. 그 수가 무려 백여 명, 욕지기를 견디지 못하고 토악질을 해대는 사람들은 몇배로 많았다.

그러다 하나둘씩 허리가 꺾이고 팔다리가 비틀리더니 칠공에서 피를 쏟아내기 시작했다. 그들은 얼마 지나지 않아 경련을 멈추었다.

숨통이 끊어진 것이다.

그렇게 죽어가는 자들이 계속해서 나타났다.

엽무백을 잡기 위해 온 사람들은 하나같이 일류 고수들, 그들조차 단지 듣는 것만으로 목숨을 잃을 정도로 음산요랑의 술법은 대단했다.

아군 쪽에선 진자강이 그랬다.

당소정이 이름 모를 단약을 주어 정기신을 다스려 두지 않았다면 벌써 눈알을 까뒤집고 죽었으리라.

혈랑삼대의 무인들이 속속 죽어가는데도 음산요랑의 사술은 갈수록 포악해졌다. 애초부터 그는 혈랑삼대의 목숨 따윈 안중에도 없었던 것이다.

좌방에서는 사라신녀가 매서운 살초를 펼치고 있었다. 혈선사가 허공을 가를 때마다 마른번개가 쳤다. 계곡의 물이 해일처럼 솟구치고 가장자리의 암반이 쩍쩍 갈라졌다.

채찍의 길이는 일 장여에 불과했지만 그것이 만들어내는 벼락의 경파는 십여 장에 달했다.

그중 하나가 후방 혈랑삼대에게 떨어졌다.

바닥에 엎어져 뒹굴던 대여섯 명이 그 자리에서 두 쪽 나버렸다. 미처 피할 사이도, 방어를 할 틈도 없었다. 섬전과도 같은 속도로 날아와 느닷없이 벼락을 떨어뜨리고 돌아가는 채찍을 무슨 수로 피할 것인가.

졸지에 급살을 맞고 쓰러지는 두 사람의 주변으로 피와 뱃속의 내용물이 낭자하게 흘러내렸다. 대경실색한 사람들은 또다시 대여섯 장을 더 물러날 수밖에 없었다. 사람들은 적아를 막론하고 오한을 느꼈다.

조원원, 진자강, 법공, 당소정은 초조하기 짝이 없었다. 명계에서 북천삼시가 왔다는 말을 들었을 때부터 이 싸움엔 승산이 없다고 생각했다.

유일한 희망이라면 그들과 부딪치지 않고 죽림을 빠져나가는 것. 하지만 기대는 수포로 돌아갔고, 결국 엽무백과 북천삼시가 격돌했다.

엽무백의 신위가 대단한 줄은 알고 있다.

하지만 상대는 마도 속의 마도라는 명계의 전대고수들. 엽무백이 제아무리 대단한 능력을 지녔다고 해도 이번만큼은 목숨의 위협을 느끼지 않을 수 없었다.

"조원원, 당 소저를 업을 수 있겠어?"

법공이 쌍곤을 뽑아 들고 말했다.

"어쩌려고요?"

"모두 살 수는 없어. 내가 엽무백과 함께 놈들을 엮어볼 테니까 진자강과 당 소저를 데리고 여길 빠져나가. 그리고 어이."

법공이 줄곧 말없이 싸움을 지켜보고 있는 당엽을 불렀다. 팔짱까지 낀 채 태평하게 서 있는 모습이 마치 강 건너 불구경을 하는 듯했다.

"엽무백의 말을 들으니 제법 한 수가 있는 모양이던데. 뒷일을 부탁해도 될까?"

"그러지 않는 게 좋을걸."

"싫다는 건가?"

"당신들은 줄곧 그와 동행을 했으면서 단 한 번 만난 나보다도 그를 더 모르는군."

"무슨 소리야?"

"그가 가장 크게 신위를 보인 게 언제지?"

"파양호에서 철갑귀마대 이백과 수적 오백여 명을 몰살했지. 물론 내가 놈들이 타고 온 배를 수장시킴으로써 결정적인 역할을 했지만."

"속았군."

"뭐?"

"철갑귀마대가 병력이 다섯 배로 늘어난다고 해도 그를 죽일 수는 없어. 하물며 수적 따위는 수백이 아니라 수천이 몰려온다고 한들 그의 옷자락 하나라도 건드리지 못해."

"저 인간이 우리에게 사기를 쳤단 말이야? 일부러 약한 척하면서?"

스스로 말을 해놓고도 법공은 이게 말이 되는 소린가 싶었다. 자신이 결정적인 역할을 했다고는 하지만 점장대에 오른 철갑귀마대 대부분을 몰살한 사람은 엽무백이었다.

결국 엽무백은 적들을 유인해 홀로 싸웠다는 것인데, 그런 사람을 두고 무공이 약한 척했다고 말할 수 있을까?

"딴엔 사기라고 볼 수도 있겠군."

"도대체 왜?"

"더 큰 사냥감을 잡기 위해서지."

"뭐?"

"그와 함께 할 거라면 생각 따윈 하지 마. 이해하려고도 말고 해석하려고 들지도 마. 그냥 믿어. 그러면 살아."

"대체 그게 무슨 소리야!"

이게 무슨 말도 안 되는 소리란 말인가.

당엽의 말은 너무나 허황해 제정신인가 싶을 정도였다. 말하는 걸 듣고 있자면 엽무백이 마치 천하제일의 지략과 무공을 동시에 지닌 사람이라도 되는 것 같지 않은가. 그런 사람이 북천삼시를 상대로 저렇게 쩔쩔맬 리는 없었다.

그러다 문득 법공은 눈살을 찌푸리며 물었다.

"그런데 왜 반말이야?"

"난 나보다 약한 사람에겐 공대를 하지 않아."

"뭐, 이런 시건방진······!"

법공이 눈알을 희번덕거리는 순간 굉음이 터졌다.

따앙!

귀청을 찢는 굉음과 함께 음산요랑의 요령이 박살이 나버렸다. 심령을 뒤흔들던 요령 소리가 뚝 그쳤다. 음산요랑은 자루만 남은 요령을 바라보며 망연자실한 표정을 지었다.

사라신녀 역시 혈선사를 회수하며 황급히 대여섯 장을 물러났다. 이제야 뭔가 아니라는 생각이 든 것이다.

방원 십여 장은 초토화되어 있었다.

계곡 주변의 수려한 바위들은 포화를 맞은 듯했고, 맑은 물이 흐르던 계곡은 흙탕물로 변한 지 오래였다. 허공에서조차 돌가루가 분분히 흩날렸다.

변함이 없는 건 흙탕물일지언정 도도하게 흐르는 계곡물

과 그 위에 깃털처럼 떠 있는 엽무백뿐이었다. 무려 백여 초를 난사하고도 두 사람은 엽무백의 옷자락 하나 건드리지 못했다.

이건 철저한 기만이다.

"도대체 네놈은……!"

음산요랑의 입에서 가느다란 신음이 흘러나왔다.

엽무백은 태연한 신색으로 뒤를 돌아보며 물었다.

"치료는?"

그 순간 조원원, 당소정, 법공, 진자강의 머릿속에 문득 떠오르는 생각이 있었다.

'설마 당소정이 해독을 할 시간을 벌기 위해 일부러 시간을……'

"조원원?"

엽무백이 재우쳐 물었다.

"이, 이제 괜찮아진 것 같아요."

조원원이 떨리는 음성으로 대답했다.

당소정도 얼떨떨한 표정으로 고개를 끄덕였다.

"좋군."

엽무백이 다시 전방을 향해 고개를 돌렸다.

좌중이 찬물을 끼얹은 듯 고요한 가운데 엽무백이 그때까지 한 손에 쥐고 있던 장창을 양손으로 나눠 쥐었다. 기음이 뒤를 이었다.

기이이잉! 철컥! 철컥! 철컥!

창간과 창두가 각기 다른 방향으로 맹렬하게 회전하는가 싶더니 팔 척을 넘던 장창이 눈 깜짝할 사이에 두 자루의 곤과 한 자루의 단검으로 변했다. 엽무백은 그중 단검을 취해 허리춤에 꽂고는 두 자루 곤을 아래로 늘어뜨렸다.

'철컹' 하는 소리와 함께 속이 빈 곤으로부터 시퍼런 예광을 토해내는 검첨이 한 뼘 정도 튀어나왔다. 그 모습이 흡사 독사가 머리를 내민 것 같았다.

이게 무슨 조화란 말인가.

듣도 보도 못한 기병의 등장에 사람들은 경악했다. 순간 엽무백의 두 눈에서 화염이 줄기줄기 뻗어 나왔다. 그가 석상처럼 굳어버린 음산요랑과 사라신녀, 그리고 두 팔을 잘린 채 괴로워하는 비응신장을 쓸어보았다. 착 가라앉은 음성이 뒤를 이었다.

"요망한 늙은이들 같으니라고."

"……!"

"……!"

"……!"

북천삼시는 차가운 얼음덩어리가 심장을 관통하는 듯한 충격을 느꼈다. 그 순간, 정말로 차가운 무언가가 음산요랑과 사라신녀의 가슴을 꿰뚫었다.

퍼퍽!

"허억!"

"커헉!"

그건 섬광이었다.

수식으로서의 섬광이 아닌, 물리적인 실체를 지닌 진짜 섬광. 두 사람은 천천히 자신들의 아랫배를 내려다보았다.

검 한 자루가 배를 관통한 채로 박혀 있었다.

엽무백이 아래로 늘어뜨렸던 두 자루 곤을 앞으로 뻗는 순간 검 두 자루가 빗살로 튀어나와 순식간에 두 사람의 아랫배를 뚫어버린 것이다.

인간 한계를 넘어선 극쾌의 수법에 무얼 어떻게 해볼 틈도 없이 당한 두 사람은 경악했다. 구주팔황과 사해오호를 정복한 초공산도 이토록 빠르지는 않을 터.

'혈겁이……'

'일어나겠구나……'

두 사람의 머릿속에 똑같이 든 생각이었다.

그때 쏭! 하는 소리와 함께 복부에 박혀 있던 검이 빠져나갔다. 검은 뱀이 제 구멍을 찾아가듯 정확히 엽무백의 곤으로 빨려 들어갔다.

음산요랑과 사라신녀의 신형이 천천히 허물어졌다. '첨

벙' 하는 소리가 이어졌고, 계곡물이 시뻘겋게 물들기 시작했다.

사람들은 입이 쩍 벌어졌다.

장법의 대가인 비응신장은 양팔을 잘려 불구가 되었고, 음산요랑과 사라신녀는 일검을 맞고 즉사해 버렸다. 천하의 북천삼시가, 명계를 주름잡던 전대의 노마들이 이렇게 간단히 죽을 줄 몰랐던 사람들은 몇 번이고 계곡에 엎어진 두 구의 시체를 확인했다.

좌중이 쥐 죽은 듯 고요했다.

들리는 건 계곡을 힘차게 흐르는 물소리뿐, 숨 막히는 침묵 속에서 엽무백은 계곡 맞은편 산자락을 뒤덮은 이천여의 적 병력을 쓸어보며 말했다.

"당엽."

"하명하시오."

당엽이 한 걸음 떨어진 뒤에서 대답했다.

"길을 열어라."

"알겠소!"

짧은 대답과 함께 당엽의 신형이 허공으로 솟구쳤다. 계곡의 좌우에 포진한 사람들이 일제히 허공을 향해 고개를 꺾었다. 그들의 입은 약속이나 한 듯 벌어졌다.

사람이 날고 있다.

이건 말이 안 된다.

무공의 세계란 광활해서 경공 하나를 놓고도 수많은 류(流)가 있다. 과거 해월루의 청산인이 하늘 아래 가장 빠른 발을 지녔다면 곤륜의 삼선노(三選老)는 가장 가벼운 몸을 지녔다. 그는 곤륜의 절학 운룡대팔식으로 선 자리에서 무려 오 장에 달하는 담장을 넘었다. 그게 무림사에 알려진 인간이 도약할 수 있는 높이의 한계였다.

한데 당엽이라 불린 저 정체불명의 괴물이 지금 그 기록을 깼다. 그는 십여 장의 높이로 도약한 다음 다시 십여 장을 더 날아가 계곡의 건너편에 뚝 떨어졌다.

그러고는 곧장 적진을 향해 돌진했다.

"으아악!"

"아아악!"

"크아악!"

사람은 보이지도 않았다.

검초도 보이지 않았다.

희뿌연 무언가가 무소처럼 돌진하는 가운데 섬광이 번뜩였고, 그때마다 찢어지는 비명과 함께 사람들이 추풍낙엽처럼 쓰러졌을 뿐이다.

순식간에 계곡 건너편 적진엔 커다란 공간이 생겨났다.

"저, 저, 저······!"

법공의 입에서 신음인지 감탄인지 모를 말이 흘러나왔다. 법공뿐만이 아니다. 진자강, 당소정, 조원원은 엽무백이 북천삼시를 쓰러뜨렸을 때만큼이나 놀랐다. 그들 모두의 머릿속에 죽림의 목옥에서 엽무백과 나눴던 대화가 떠올랐다.

"금사도가 대하 인근에 있다는 걸 아는 이상 우리의 여정은 얼마 남지 않았다. 거리 따윈 문제가 되질 않아. 해서 이제부터는 전속력으로 대륙을 가로지를 것이다. 수많은 적을 만날 것이다. 그 중에는 상상도 못할 초유의 고수들도 있다. 그들을 뚫고 나가려면 우리 쪽도 적지 않은 병력이 필요해. 하지만 현실적으로 그럴 수 없지. 해서 대병력을 대신할 수 있는 사람이 필요하다."

"그런 사람이 있을까요?"

"있어."

"그가 누구죠?"

"이 목옥의 주인."

"그를 기다리는군요. 그렇죠?"

"맞아. 곧 굉장한 놈이 나타날 거야."

일인군단이라는 말이 있다면 바로 엽무백과 당엽을 두고 하는 말일 것이다. 이제 이해가 된다. 왜 엽무백이 그토록 위험을 무릅쓰고 저 사내를 손에 넣으려 했는지.

"법공, 당소정을 업어."

"나도 싸우겠다."

"또 이런다, 또."

"부탁이다. 나도 싸우고 싶다."

법공은 간절한 눈빛으로 엽무백을 바라보았다.

새까맣게 몰려 있는 적들을 보자 회가 동한 것이다. 당엽이 일기당천의 무위로 적들을 쓸어버리는 것을 보자 피가 끓는 것이다. 그 역시 천생 무인이었다.

"좋아. 둘이서 길을 한번 열어봐!"

"염려 말라고!"

말과 함께 쌍곤을 양손에 나눠 쥔 법공이 신형을 쏘았다. 그는 당엽처럼 허공을 나는 재주는 없었다. 하지만 그에겐 소림의 금강부동신법이 있었다. 등평도수(登萍渡水)의 신법을 발휘, 와자지껄한 소음과 함께 물을 사방으로 튀기며 계곡을 건넌 법공은 우르르 몰려드는 혈랑삼대를 향해 몸을 던지듯 뛰어들었다.

그리고 이어지는 두 자루 곤의 폭풍 같은 난사.

작렬하는 철곤 아래 마인들의 머리통이 수박처럼 퍽퍽 터져 나갔다. 법공이 당엽과 어깨를 나란히 하며 말했다.

"난 법공이라고 한다."

"알고 있소."

"진짜 이름을 모를까 봐 얘기한 게 아니잖아."

"당엽."

"혀 짧은 건 나중에 따지기로 하고, 일단은 열심히 따라와라."

법공은 당엽을 향해 한차례 씨익 웃어주고는 미친 듯이 질주했다. 당엽에게 앞을 양보하고 싶지 않았기 때문이다. 그건 당엽도 마찬가지였다. 두 사람이 돌진하는 행로를 따라 시체가 즐비한 길이 생겨났다.

엽무백은 당소정을 또다시 안았다.

당소정도 이번엔 알아서 두 팔을 목에 감아왔다.

"오늘까지만 신세를 질게요."

"나도 내일까지 이러고 싶은 생각은 없소."

몰래 꿍해 있던 조원원의 마음이 살짝 풀어졌다.

앞서는 법공에게 당소정을 업으라고 했고, 이번엔 엽무백이 그 스스로 좋아서 하는 게 아니라는 기색을 비쳤다. 됐다. 이 정도면 충분했다.

"진자강, 조원원. 다시 좌우방을 맡는다."

"복명!"

"복명!"

두 사람이 우렁찬 복창과 함께 계곡을 건넜다.

                    *   *   *

  늦은 밤, 만장각에서 운공 중이던 천제악은 느닷없는 만박
의 방문을 받았다. 다른 사람이었다면 감히 교주의 운공을 방
해한 죄로 목을 쳤겠지만, 만박은 달랐다. 그가 이 시각에 걸
음을 한 데는 그만한 이유가 있을 것이기 때문이다.

  사실 어느 정도 짐작하고 있었다.

  천제악은 대황촉 아래에서 만박이 올린 보고서를 읽었다.
단 한 명을 잡기 위해 전대의 노마두 셋을 비롯해 혈랑삼대의
병력 이천이 출동했다.

  결과는 대패.

  북천삼시는 놈과 조우한 즉시 현장에서 죽었고 혈랑삼대
의 고수 절반이 들개 밥이 되었다.

  그들은 그렇게 죽어선 안 되는 사람들이었다.

  그 옛날 중원을 질타하며 수많은 정도무림의 고수들을 공
포로 몰아넣은 전투의 달인들이 한 줌도 안 되는 것들을 어쩌
지 못해 일패도지했다는 게 말이 되나.

  결과만 놓고 보면 마치 어른과 아이의 싸움 같지 않은가.

  "북천삼시가 단 일수에 죽었단 말이지. 결국, 놈의 정체도
만천하에 드러나 버렸고……."

"송구합니다."

만박이 머리를 조아렸다.

"천하의 만박이 사과를 하다니. 내가 잘못 들었나?"

만박은 지금까지 누구에게도 사과를 해본 적이 없다. 전대 교주인 초공산을 모실 때도 그랬다. 실수를 한 적이 없었기 때문이다.

천제악은 지금 가장 무서운 언어로 만박을 질책하고 있었다. 애초부터 사과할 일을 만들지 말았어야 한다는 질책. 질책이 책임 추궁으로 이어지면 죽음이다.

만박은 조용히 기다렸다.

이 순간엔 그 어떤 말로도 상황을 바꿀 수 없다는 걸 안다. 오직 천제악의 마음에 달렸다. 그가 자신을 내쳐 기강을 엄히 세우는 것과 한 번 더 기회를 주어 얻는 것 사이의 이익을 저울질한 다음 내리는 결론에 목숨이 달렸다.

"나를 이해시켜 주겠소?"

"명백한 저의 오판이었습니다. 북천삼시는 명계에서도 수위를 다투는 고수, 혈랑삼대가 놈들을 에워싸고 북천삼시가 선봉에 선다면 충분히 승산이 있다고 판단했었습니다."

위기의 상황이었지만 만박은 더욱 침착하고 강한 어조로 답했다. 아직 한 번의 기회가 더 있음을 직감했기 때문이다.

"그렇게 판단한 근거는 황벽도와 복주를 거쳐 파양호까지

오는 동안 놈이 보인 신위 때문이었겠지?'

"그렇습니다."

"일부러 무공의 일부를 속였다는 말인데, 그렇게 해서 놈이 얻는 게 무엇일까?'

"균형을 무너뜨리는 것이죠."

철갑귀마대가 궤멸했고, 혈랑삼대의 고수 절반이 죽었다. 그들은 모두 천제악의 강력한 지지기반, 팔마궁을 견제할 수 있는 힘의 일부가 증발해 버린 것이다.

단 일 할에 불과한 힘이었지만 팽팽한 균형을 이루고 있는 상태라면 얘기가 달라진다. 사기가 저하되고 교주를 향한 교도들의 신뢰에 금이 가면 이탈자들이 생겨나게 마련이었다.

그들은 당연히 또 다른 주군을 찾아갈 것이다. 그렇게 한번 기울기 시작하면 걷잡을 수 없다.

놈이 노리는 게 이것이다.

신교의 무인은 무려 십만여 명. 죽었다 깨어나도 그들 모두를 상대할 수는 없다. 놈은 정공을 펼치는 대신 치고 빠지는 작전을 통해 교주의 권위에 흠집을 내고 신궁의 전력을 약화시키고 있다.

호시탐탐 권좌를 노리는 팔마궁으로서는 이보다 더 좋은 기회가 없다. 즉, 내분을 유도하는 것이다.

놀랍지 않은가.

실력의 삼 할을 숨기라는 너무나 간단한 강호의 격언을 지키는 것으로 이만한 결과를 얻어내다니. 쫓기는 와중에도 이처럼 큰 그림을 그렸다는 게 무엇보다 놀랍다.

'비범한 놈이다.'

천제악은 놈에 대한 평가를 완전히 바꾸었다.

하지만 이 정도로 흔들릴 천제악이 아니었다.

"다음 대책은?"

됐다. 기회를 얻었다.

"둘 중 하나입니다. 무리수를 두더라도 놈을 제거해 신교의 권위를 세우는 것. 아니면 지금처럼 내부를 단속하고 팔마궁을 상대할 힘을 기르는 데 총력을 기울이는 것."

"내 눈엔 둘이 아닌 하나의 문제로 보이오만."

놈을 제거하지 못하면 내부를 단속하고 힘을 기를 수 없다. 반대로 팔마궁을 상대하려면 언제 터질지 모르는 폭약 같은 놈을 반드시 제거하고 가야 한다. 때문에 둘이 아닌 하나의 문제다.

"소신의 생각도 다르지 않습니다. 굳이 덧붙이자면 선후의 차이가 있지요. 놈이 금사도를 찾아가는 건 나중의 문제인 반면, 팔마궁의 위협은 당면한 문제입니다. 해서 팔마궁을 치는 것이 먼저이고, 놈을 잡는 것이 부차적인 문제일 수밖에 없는 것입니다."

"팔마궁을 칠 방도는 있소?"

"십병귀라는 대적의 등장에도 불구하고 팔마궁이 침묵하는 것은 지금의 상황이 자신들에게 결코 나쁘지 않기 때문입니다. 십병귀가 신교의 전력을 약화시키고 있으니까요. 해서 팔마궁으로 하여금 직접 나서지 않을 수 없는 상황을 만들 겁니다. 팔마궁의 칼날이 놈을 향하도록 말이지요. 우리는 팔마궁이 스스로 빈틈을 드러내기를 기다리기만 하면 됩니다. 그들이 놈을 제거해도 좋고, 그럴 리야 없겠지만 놈이 팔마궁에 심대한 타격을 입히면 더욱 좋지요."

"차도살인지계라… 그 늙은이들이 속아줄까?"

"속이는 것이 아니라 선택의 여지가 없도록 절벽 끝으로 내몰 것입니다."

"계속해 보시오."

"팔마궁은 전대 교주께서 생존해 계셨을 때부터 중원 각처에서 은밀히 각자의 세력들을 길러왔습니다. 그중 가장 빨리 움직인 곳이 비마궁이었고, 빠른 만큼 그 성취는 컸지요. 제일궁의 궁주다운 걸출한 무공과 다른 곳을 압도하는 자금력을 바탕으로 비마궁은 팔마궁의 수좌가 될 수 있었습니다."

"결론만."

"바로 그 비마궁이 관리하는 아홉 개 방파를 구룡회(九龍會)라고 합니다. 십병귀는 몰랐겠지만 그가 멸문시킨 복주의 매혈방이 바로 그 구룡회의 한 곳이었습니다."

"일개 흑도방파가?"

"일개 흑도방파가 아닙니다. 세상에 알려지진 않았지만, 매혈방은 그동안 남동해안의 밀무역을 통해 엄청난 전쟁자금을 벌어들였습니다. 매혈방이 연간 벌어들인 금액이 황벽도가 신궁에 보내온 통치 자금의 두 배에 달할 정도였지요."

황벽도는 혼세신교의 십대 자금원 중 한 곳이다.

전투는 고수로 하지만 전쟁은 돈으로 하는 것이다. 명계의 수많은 마도종파들이 세상을 떨어 울리는 고수를 보유하고서도 혼세신교에 무너진 게 바로 군단을 거느리고 통제할 돈이 없었기 때문이다.

그 말이 사실이라면 비마궁의 축적된 힘은 상상조차 할 수 없었다.

"필시 비마궁의 후원이 있었겠지?"

"죽은 매혈방주 임호군은 본시 정사지간의 문파인 고검문(孤劍門)의 문주였습니다. 혼란의 시대에 그는 무림맹에 투신 신교에 저항하다 마지막엔 비선의 일원으로 활약했지요. 그런 그가 정도무림을 배신하고 팔마궁의 개로 전락한 건, 죽은 줄 알았던 아들 혈안룡이 문파의 평생 숙원인 백양검의 난제를 풀 검초 하나를 가지고 나타났기 때문입니다."

"비마궁주가 손을 댔군."

"그렇습니다. 비마궁주는 저항 중인 지방 정도문파의 문주들에게도 비슷한 방식으로 접근하여 배신을 유도했고, 이후 그들이 각 지역에서 가진 기존의 지배권을 확장해 갈 수 있도록 막후에서 은밀히 도왔습니다. 후일 그들은 비마궁을 위해 전쟁자금을 벌어들이는 구룡회가 되었지요."

"비마궁의 늙은이가 야망이 크다는 건 알고 있었지. 한데 그게 어찌하여 복안이 될 수 있는 것이오?"

"동료들을 배신하면서까지 개처럼 충성을 바쳐 온 매혈방주가 죽었습니다. 일점혈육도 죽고, 그가 일군 매혈방은 지금 개떼처럼 몰려든 군소 흑도방파에 의해 갈가리 찢겼죠."

"남은 팔룡들이 동요하겠군."

"한 번만 더 그런 일이 벌어지면 비마궁은 구룡회에 대한 통제력을 잃게 될 겁니다. 구룡회가 흔들리면 칠궁에 대한 장악력도 함께 흔들리게 되겠죠."

"한 번만 더 그런 일이 벌어지면?"

"흑월(黑月)의 월주가 이를 갈고 있더군요."

천제악은 즉각 만박의 말을 알아들었다.

그는 구 층 창밖으로 보이는 밤하늘을 바라보며 조용히 읊조렸다.

"계명성이 저리 밝은 걸 보니 완연한 겨울이군. 아무리 생각해도 신교엔 궁(宮)이 너무 많아. 해가 바뀌기 전에 한 곳만 남았으면 하오."

"이를 말씀이십니까."

* * *

한 사람이 태사의에 앉아 있었다.

가슴까지 기른 은발의 수염이 자못 신령한 분위기를 자아내는 육 척 장신의 노인은 비마궁의 궁주 검마(劍魔) 이정갑이었다. 올해 팔순을 바라보는 노강호인 그는 침잠한 표정으로 한 사람의 얘기를 듣고 있었다.

"간밤에 여섯 명의 괴한이 만금보(万金堡)를 습격했습니다. 장원은 불타고 만금 재산은 흔적도 없이 사라져 버렸습니다. 살아남은 사람은 없습니다."

백의장삼에 청건을 쓴 장년인이 말했다.

티 한 점 없이 깨끗한 피부에 맑은 안광을 지닌 그가 바로 만박노사와 함께 쌍벽을 이룬다는 비마궁의 군사 신기자(神奇子)였다.

"장주와 그 혈족은?"

"장주 금적호와 그의 부인은 현장에서 참을 당했고, 세 명의 아들은 저자에서 사지분시가 된 채로 발견되었다고 합니다."

만금보주 금적호는 한때 섬서성 남동부를 호령하던 제갈세가(諸葛世家)의 동생으로 후일 비마궁의 회유에 의해 성(姓)과 이름을 바꾸고 신교에 투신, 전장을 세웠다.

섬서성 남동부에 대한 제갈가의 기득권과 신기제갈(神機諸葛)이라 불릴 만큼의 뛰어난 두뇌, 거기에 신교의 전폭적인 지원까지 힘입어 전장은 하루가 다르게 승승장구했고, 이후 섬서성 최대의 전장이 되었다.

하지만 그건 어디까지나 세상에 알려진 이야기. 만금보는 비마궁의 전쟁자금 절반을 담당하는 구룡회의 수좌였다.

그 만금보가 괴한들의 습격을 받아 보주와 그의 혈족들이 떼몰살을 당했으며 장원이 불탔다고 한다. 그것도 단 여섯 명에 의해.

"흉수는?"

"십병귀라고 합니다."

"놈은 호광을 지나는 중이라고 하지 않았나?"

"가짜입니다."

놀랄 일도 아니다.

십병귀라는 살성이 나타나 매혼문과 마인들을 닥치는 대로 쳐 죽이며 북상하고 있다는 소문이 떠돈 후, 중원 곳곳에서 십병귀를 사칭한 자들이 나타나고 있었다.

그들은 삼삼오오 떼를 지어 다니며 재화를 운송하는 신교의 무사들을 공격하거나, 그들 입장에서 매혼문이라 불리는 방파들을 습격해 방주를 죽이고 장원을 불태웠다. 일부 간이 큰 자들은 마교의 지단을 공격하기도 했다.

이유는 세 가지다.

첫째, 십병귀라는 이름을 빌려 매혼자들에게 공포를 주기 위함이다.

둘째, 십병귀와 생각을 같이하는 사람이 한둘이 아니라는 걸 보여주어 죽은 듯 엎드려 있던 정도무림의 생존자들을 세상 밖으로 끌어내기 위함이다.

셋째, 진짜 십병귀를 추격하는 신교의 추격자들에게 혼선을 주기 위함이다.

십병귀라는 이름 하나가 강호를 경동시키고 있다.

그렇다고 해도 가짜 십병귀가 만금보와 같은 거대전장을 공격한 일은 아직까지 없었다. 노련한 고수 수백 명이 지키는 전장을 단 여섯 명이 쓸어버렸다면 초절정의 무공을 지닌 자들일 터, 진짜 십병귀를 제외하면 아직까지 그만한 자가 출몰했다는 보고는 없었다.

여기에 부자연스러움이 있었다.

누군가 가짜 십병귀의 난립을 틈타 비마궁에 싸움을 걸어온 것이다. 그들이 누구인지는 이미 알고 있었다.

"흉수는?"

이정갑이 다시 물었다.

같은 내용이었으나 속에 담긴 의미는 달랐다.

"흑월이 다녀간 듯합니다."

신궁에서도 신비하기로 유명한 네 개의 조직 사루(四樓), 그중에서도 가장 은밀한 곳이 바로 흑월루, 다시 말해 흑월이다.

전날 흑월의 절정고수 일곱이 비마궁으로 잠입, 뇌옥에 갇혀 있던 신무광을 탈취해 데려가는 과정에서 비마궁의 잔살(殘殺)과 부딪친 일이 있었다. 그때 흑월의 고수 다섯과 잔살의 살수 네 명이 동귀어진했다.

아마도 이번 일은 그때의 일과 무관하지 않으리라. 흑월루주의 입장에선 분개할 만도 할 것이다. 아래도 한참 아래로 보았던 잔살에게 나섯 명의 수하를 잃었으니 말이다.

다섯 대 넷.

단 한 명 차이의 우열로도 피가 끓어오를 만큼 흑월의 자존감은 대단했다. 신궁뿐만이 아니라 신교를 통틀어 가장 신비로운 집단이기에 그렇다.

이제 문제는 흑월이 왜 그런 짓을 벌였느냐는 것이다.

"만박이 도화선에 불을 댕겼군."

"구룡회를 경동시키려는 수작입니다."

"흑월의 짓이라는 걸 구룡회가 모를 거라고 생각했을까?"

"달라지는 건 아무것도 없죠. 진짜 십병귀의 짓이든 가짜 십병귀의 짓이든, 아니면 흑월의 짓이든 흉수를 징치해 만금보의 복수를 해주지 않으면 구룡회가 경동할 것입니다. 구룡회가 경동하면 칠궁에 대한 장악력도 흔들릴 것입니다."

"지금 신궁을 쳐서 거사를 성공시킬 확률은?"

"오 할입니다."

"철갑귀마대가 궤멸하고 북천삼시가 죽고 혈랑삼대의 삼할을 잃었어도 여전히 오 할이라……."

"신궁과 팔마궁의 전력만 놓고 따지자면 확률은 육 할, 한번 해볼 만하지요. 하지만 명계를 포함시키면 얘기가 달라집니다. 북천삼시가 명계에서도 수위를 다투는 고수들이라고는 하나 동시에 수많은 고수들 중 셋일 뿐이기도 하지요. 한데 이것 역시도 한 사람을 배제한 계산입니다."

"명계의 계주를 말하는 건가?"

"그렇습니다. 만에 하나 그가 신궁에 힘을 실어주게 된다면 확률은 사 할로 줄어듭니다."

명계의 계주는 전설 속의 인물이다.

혼세신교로부터 명계의 고수들을 지키며 초공산과 담판을 마다치 않았다는 미지의 고수. 정확한 이름도, 내력도, 나이도 알 수 없다. 심지어 그를 보았다는 사람도 없다.

여기에는 그럴 만한 사정이 있었다.

명계의 뿌리가 되는 북방 새외의 마교 종파들은 비록 혼세신교에 복속되었을망정, 자신들의 무학에 대한 자부심만큼은 드높았다.

혼세신교에 먹힌 것도 무공에 미쳐 평생을 무공만 연구한 미치광이들인 탓에 용병(用兵)을 몰랐고, 전쟁을 몰랐기 때문이다.

바로 그 미치광이 무공 괴물들 중에서도 가장 미친 괴물이 명계의 계주다. 세와 전쟁이라면 모르나 무공이라면 초공산에게도 앞자리를 양보하지 않겠다는 무적의 고수.

그런 인물이 어찌 함부로 흔적을 남기리오.

자존감이 태산처럼 높은 그는 신교의 그 어떤 고수가 찾아와도 직접 만나주는 일이 없었다. 그건 팔마궁의 궁주들이라고 해도 예외가 아니었다. 이 얼마나 오만불손한 인간인가.

그런 그도 한 사람이 찾아오면 모습을 드러낼 수밖에 없었다. 전대의 맹약에 의해 대종사의 예로 맞이해야 할 유일한 인물, 바로 혼세신교의 교주 초공산이었다.

지금은 천제악이다.

문제는 그가 천제악을 만나주지 않았다는 데 있었다. 이에 대한 해석을 두고 신궁과 팔마궁의 지자들이 각자의 비처에 모여 머리를 맞댔다.

크게 세 가지로 좁혀졌다.

제일, 명계는 천제악을 교주로 인정하지 않겠다는 뜻이다.

제이, 이 기회를 빌려 혼세신교로부터 무언가를 얻어내려 하고 있다.

제삼, 명계는 왕좌의 전쟁이 끝나지 않았다고 본다.

어쩌다 보니 주인이 별채에 깃든 객의 눈치를 봐야 하는 괴이한 상황이 되어버렸다. 그럼에도 불구하고 함부로 명계를 추궁하지 못하는 것은 그들이 어느 쪽에 힘을 실어주느냐에 따라 신교의 주인이 달라질 수 있기 때문이다.

그렇다면 명계는 정말로 천제악을 인정하지 않고 있는가. 그건 또 꼭 그렇지만도 않았다. 명계의 고수들인 북천삼시를 내주었기 때문이다.

그 스스로는 독대를 허락하지 않으면서 북천삼시는 내어주는 이 기묘한 상황은 또 어떻게 해석해야 할까?

여기서 하나의 가설이 더 생겨났다.

천제악을 교주로 인정하기는 하되, 아직 자신과 독대를 할 만큼 큰 그릇이 되지 못했으니 밥을 좀 더 먹고 오라는 뜻이라는 게 바로 그것이다.

이 또한 현재로서는 따질 수가 없다.

명계는 일단 논외로 할 수밖에 없다.

그들은 신교의 인물이 금단의 숲으로 들어오는 걸 일절 허락하지 않았고, 그 때문에 외부와 철저히 고립된 채 오직 자신들의 삶만 살았다. 모든 외교와 협상의 가능성을 원천적으로 차단한 채 오직 스스로 결정을 했다.

"만박은 우리가 십병귀를 칠 거라고 보는 것 같군."

"그렇습니다."

"나도 그랬으면 하는데."

"제 생각도 같습니다."

"이유도 같은지 들어볼까?"

"신궁을 치기엔 아직 때가 이르고, 가짜 십병귀 몇 명 잡아들이는 것으론 구룡회를 달랠 수가 없습니다. 어쨌거나 이 모든 일의 시작엔 십병귀가 있습니다. 십병귀를 잡아 비마궁의 힘을 보여주어야만 구룡회는 언젠가 진짜 복수도 해줄 거라 믿고 기다릴 겁니다. 그게 현재로선 구룡회의 불만을 잠재울 수 있는 유일한 길입니다. 만박 역시 이 점을 잘 알기에 만금보를 없앤 것이지요."

"여우 같으니라고. 거사를 일으키기 전에 반드시 제거해야 할 늙은이야."

"소신에게 맡겨주십시오."

"이번 일을 처리하는 것도 맡기지."

"감사합니다."

"단, 수습하는 정도로는 곤란해."

"물론이지요. 기왕에 살을 내어줄 요량이면 우리는 적의 뼈를 취해야지요."

"십병귀는 만만한 상대가 아닐세."

"……?"

신기자의 눈동자에 의혹이 담겼다.

주군의 귀에 들어가는 십병귀 관련 보고는 모두 자신이 했다. 즉, 주군이 아는 건 자신 또한 안다. 한데 지금 그의 주군은 분명 자신이 모르는 무언가에 대해 말하고 있었다.

"자넨 그를 어떻게 평가하나."

"최소 장벽산의 한 수 아래, 최대 장벽산과 동급 정도로 보고 있습니다."

"장벽산이 그를 품었었다는 이유로?"

"귀각(鬼閣)의 지자 백 명에게 놈의 실력을 분석하라 명했습니다. 신도에서 십병귀로 활동하던 시절부터 지금 현재에 이르기까지 놈의 손에 죽은 고수들, 숫자, 상황 등을 종합해 하나의 결과를 얻었습니다. 거기에 삼공자와의 관계를 고려해 내린 결론이 바로 그것입니다."

귀각은 신기자가 이끄는 두뇌 집단으로 비마궁을 움직이는 모든 귀계가 그곳으로부터 나온다.

"난 자네의 의견을 물었네."

"이해할 수 없는 것이 한 가지 있습니다. 소신으로 하여금 최소와 최대 두 가지를 말씀드리게 만든 이유이기도 하지요. 그건 북천삼시가 단 일수에 죽고 혈랑삼대의 고수 절반이 죽었다는 사실입니다. 당엽이라 불리는 또 다른 고수 하나가 가세한 탓도 있지만, 그래도 북천삼시까지 단 일수에 죽이는 것은 삼공자도 불가능할 것입니다. 경계를 조금 넓혀 말씀드리자면 서른 안팎의 나이에 그만한 경지를 이룬 고수는 당금무림에 없다고 단언합니다."

"젊은 날의 초공산이라면 가능하지."

"무슨……?"

"놈은 초공산의 진전을 모두 이은 유일한 제자일세."

"……!"

신기자의 눈이 휩뜨였다.

혼마는 제자들에게 공히 익히는 오십 종의 마도 절예 외에 각각 하나씩의 절기를 더 전수해 주었다. 오직 교주의 제자만이 익힐 수 있는 스물일곱 종의 비학.

비학 간의 우열은 없다.

누구든 자신이 전수받은 것을 극성으로 익히면 무적이 될 수 있다. 오직 개개인의 노력과 자질에 달렸다.

죽은 장벽산과 이제는 교주가 된 천제악이 그것을 증명했다. 그들의 무공 수위는 십봉룡의 선두를 다투고, 팔마궁의 궁주들과도 어깨를 나란히 했다.

한데 만에 하나 초공산 교주가 다른 제자들에게는 하나씩 나눠 주었던 절기를 몰아서 준 사람이 있다면…….

상상만 해도 몸서리가 친다.

第四章 그에 대한 소문들

엽무백은 일행과 함께 대별산을 넘어 북쪽으로 향했다. 하루 전, 그들은 반나절 동안 이어진 전투 끝에 마침내 천라지망을 뚫었다.

도주가 아니었다.

천여 명이 넘는 적을 도륙하고도 기력이 펄펄 남아도는 당엽과 법공을 보고는 그들 스스로가 길을 터주었다.

더 이상의 전투는 무의미하다고 판단한 것이다.

하지만 적들은 법공과 당엽이 경쟁심에 젖 먹던 힘까지 쥐어짰다는 건 까맣게 몰랐다.

덕분에 엽무백은 유유하게 대별산을 넘었고, 하루가 지난 지금까지 쉬지 않고 달리는 중이었다.

"잠깐 쉬었다 간다."

산 중턱에서 졸졸 흐르는 시냇물을 만났을 때 엽무백이 한 말이었다. 사람들은 너도나도 자리를 잡고 앉아 휴식을 취하거나 병기를 손보았다.

법공은 흐르는 물에 얼굴을 박고 물로 배를 채웠다. 대별산 목옥에선 고기가 익기도 전에 적들이 나타났고, 전투가 벌어졌고, 그 이후론 꼬박 하루를 쉬지 않고 달렸다.

어지간히 입맛이 없던 사람도 이 정도면 걸신이 들리리라. 하물며 싸우는 것 다음으로 먹는 걸 좋아하는 법공은 어떠할 것인가. 법공은 뱃가죽이 찰싹 달라붙어 버렸다.

"이제야 좀 살 것 같네."

법공이 물을 줄줄 흘리며 옆을 돌아보았다.

저만치 당엽이 나무 그늘에 앉아 검에 기름을 먹이고 있었다. 하루를 꼬박 달렸는데도 놈은 땀 한 번 흘리는 법이 없다. 머리카락도 정갈했으며 옷매무새도 단정했다. 검을 닦고만 있지 않았다면 금방까지 책을 읽다 나온 유생이라고 해도 믿을 것 같았다.

법공은 코를 자신의 겨드랑이 사이에 박아 냄새를 맡았다. 쉰내가 훅 올라왔다. 옷은 땀으로 축축했고, 머리카락에선 김이 모락모락 올라왔다.

하루를 꼬박 달린 결과다.

사람이라면 응당 이래야 한다.

한데 당엽은…….

'뭐 저런 괴물이 다 있지?

법공은 당엽이 싸우던 모습을 생생하게 기억했다. 그 자신
이 쌍곤을 무차별적으로 난사해 적의 간담을 서늘케 하는 방
식으로 싸웠다면 당엽은 최소한의 움직임으로 빠르고 정확하
게 숨통을 끊어놓는 방식을 택했다.

바꾸어 말하면, 당엽이 몸을 움직일 땐 반드시 하나의 목이
떨어졌다는 말이 된다. 오직 살인을 위해 특화된 무공, 한 치
의 망설임도 주저함도 없다.

놈은 진정한 살인마다.

그런데도 불구하고 멋모르는 사람들은 자신을 흘겨본다.
흉성을 뿜으며 요란하게 싸우는 모습에서 살인을 즐기는 게
아니냐고 의심하는 것이다.

바로 지금 조원원처럼.

"뭐 어쩌라고?"

법공이 소리를 빽 질렀다.

"아주 신이 났더군요."

"저 녀석이 훨씬 더 많이 죽였거든."

법공이 곧으로 당엽을 가리켰다.

"지금 우리는 전쟁 중이고, 살인은 어쩔 수 없는 선택이라는 걸 알아요. 하지만 난 적어도 우리가 이 일을 즐기지는 말았으면 좋겠어요. 특히 당신은요. 아미타불."

그 말만 하고 조원원은 홱 돌아서 가버렸다.

괜스레 부아가 치민 법공이 저만치 나무 그늘에 엎어져 헐떡거리는 진자강을 돌아보며 말했다.

"가서 도토리라도 좀 주워와."

"헉헉. 겨울에 무슨 도토리예요?"

진자강이 머리도 들지 않고 말했다.

"가을에 떨어진 도토리가 있을지 모르잖아."

"헉헉. 다람쥐가 다 주워 먹었겠죠."

"그럼 다람쥐라도 좀 잡아와."

"헉헉. 제가 왜요?"

"내가 너의 무공 교두니까."

"헉헉."

진자강은 일언반구도 없이 품속에서 고기 한 점을 꺼내 홱 던졌다. 법공이 홱 낚아채고 보니 반쯤 익다가 만 토끼 뒷다리였다. 전날 죽림의 목옥에서 구워 먹으려다 적이 나타나는 바람에 못 먹었던 바로 그 토끼를 경황 중에도 챙긴 모양이었다.

"됐죠?"

진자강이 귀찮아 죽겠다는 기색으로 물었다.

"그런 자세, 아주 좋아."

법공은 토끼 뒷다리를 부욱 뜯으면서 저만치 앞쪽에서 고개를 꺾어 하늘을 응시하고 있는 엽무백 등에게로 시선을 던졌다.

까마득한 창공에는 새까만 점이 배회하고 있었다. 천응이었다. 놈은 죽림에서부터 시작해 단 한 번도 놓치지 않고 엽무백 일행을 따라다녔다.

"천응을 제거하지 않으면 계속해서 우리의 위치를 노출하게 될 거예요."

당소정이 말했다.

"달리 방법이 없잖아요."

조원원이 말했다.

"아주 없지는 않아."

엽무백이 말했다.

"돌멩이라도 던지시게요?"

조원원이 물었다.

사람의 완력이 아무리 뛰어난들 돌멩이를 던져 백 장 높이에서 나는 새를 맞힐 수는 없다. 중력으로 말미암아 돌멩이가 그렇게 높이까지 날아갈 리도 없을뿐더러 점으로 보이는 새를 무슨 수로 맞힐 것인가.

조원원은 괜한 심통을 부리고 있었다.

당소정과 엽무백이 나란히 서 있는 모습이 싫었던 것이다.

한데 엽무백의 입에서 뜻밖의 대답이 흘러나왔다.

"그것도 나쁘지 않지."

"말도 안 돼. 저렇게 높이 나는 새를 무슨 수로 맞혀요."

"누가 나는 새를 맞힌댔어?"

"그럼요?"

"아무리 영조라고 해도 온종일 날 수는 없어. 물을 먹든, 지친 날개를 쉬게 할 요량이든 한 번은 내려올 거야. 그때 잡아야지."

그때쯤엔 법공과 진자강이 쭐레쭐레 다가왔다. 그들은 엽무백과 조원원 사이에 오가는 대화를 듣고 표정을 굳혔다.

과연 타당한 말이지 않은가.

천응 역시 살아 있는 짐승이고 보면 한 번은 쉬어야 한다. 일단 땅으로 내려오면 그때부터는 여타의 새들과 다름없다.

여태 왜 그 생각을 못했을까?

확률이 훨씬 높아졌다.

돌멩이를 던져 잡든, 달려가 잡든 잡기만 하면 된다.

그러나 아직도 문제는 남았다.

엽무백의 계획에 어떻게든 상처를 내고 싶은 조원원이 바로 그 점을 지적했다.

"천응이 언제 어디로 내려앉을 줄 알고요."

"계속 눈을 떼지 말아야지."

"누가 그 짓을 하고 있겠어요?"

"그러게. 누가 그걸 할까?"

엽무백이 조원원을 향해 고개를 쑥 내밀었다.

당황한 조원원이 상체를 뒤로 쑥 빼더니 잠시 주변을 둘러보곤 손가락으로 자신을 가리키며 말했다.

"제가요?"

"역시. 하겠다고 할 줄 알았어."

"제 말은 그게 아니라, 제가 하겠다는 게 아니라 저더러 하라는 말이냐고 질문을 하는 거잖아요. 대답이 아니라 질문요."

횡설수설하는 조원원의 모습에 여기저기서 피식피식 웃음이 터졌다. 엽무백의 장난에 걸려들었음을 뒤늦게 깨달은 조원원은 땅이 꺼져라 한숨을 쉬었다.

"휴우, 왜 하필 저죠?"

"여기 당신보다 빠른 사람 있나?"

하늘 아래 가장 빠른 신법, 유성하를 두고 하는 말이다. 사람들은 처음 조원원이 해월루의 전인이라는 말을 듣고 적지 않게 놀랐다. 하지만 단순히 무맥을 이었다고 여겼을 뿐, 그 옛날 신비 문파 해월루의 고수들만큼의 신위를 기대하지는 않았다.

그런데 엽무백은 다르게 생각하는 것 같았다.

"열흘을 주겠어. 어차피 놈은 우리를 졸졸 따라올 테니 일부러 추격할 필요도 없어. 밤이고 낮이고 놈에게서 눈을 떼지 않고 있다가 지상으로 내려앉으면 달려가서 잡아."

"경공이라면 전 저분을 당해낼 수 없어요."

조원원이 나무 그늘에 앉아 검을 손질하고 있는 당엽에게로 시선을 던졌다.

당엽이 잠깐 눈을 들어 조원원을 응시했다. 차디찬 시선과 마주치는 순간 조원원은 흠칫 놀라 슬그머니 고개를 돌렸다.

"십족비공보(十足飛空步)를 말하는 모양이군. 공중도약이라면 확실히 당엽을 당할 사람이 없지. 하지만 수평 이동이라면, 이를테면 땅에 내려앉은 새를 잡는 일 같은 경우 십족비공보는 유성하의 상대가 되질 못해. 게다가 그는 당분간 바빠."

엽무백이 당엽을 돌아보며 말했다.

"내가 지시한 것 잊지 않았겠지?"

"내가 새대가리로 보이시오?"

당엽의 말투에서 살짝 언짢은 기색이 느껴졌다. 십족비공

보는 유성하의 상대가 되질 않는다는 말 때문인 것 같았다.

"실수가 없어야 한다는 뜻이야."

"내 실수는 당신에게 패한 것 한 번으로 족하오."

"실수가 아니라 실력이었겠지."

차르르륵.

당엽이 손질을 하던 구절총검을 풀어 허리춤에 감았다. 그걸 다시 광목으로 감춘 다음 자리에서 일어났다.

그리고 세 걸음을 옮기기도 전에 사람들이 두 눈을 똑바로 뜨고 지켜보는 앞에서 한 점 연기로 흩어져 버렸다. 보면 볼수록 신비하기 짝이 없는 은신술이었다.

엽무백이 다시 조원원을 돌아보며 말했다.

"할 수 있겠지?"

"거절해도 되나요?"

"물론 안 되지. 이번 기회에 밥값 한번 해."

'걸핏하면 밥값 하래. 사준 적도 없으면서.'

*   *   *

의창(宜昌)은 호북성 장강 연안에 위치한 작은 도시다. 이렇다 할 명승고적도 없고, 풍광도 그리 빼어나지 않았으며 귀한 산물도 나지 않는 이곳에 도시가 생겨난 것은 당나라 때로 거슬러 올라간다.

강남에서, 혹은 강북에서 물자를 싣고 온 표국이나 상방의 마차들이 장강을 건너기에 이만한 곳이 없었기 때문이다.

때문에 도시는 장강을 끼고 발달하였으며 그 공간은 매우 협소했다. 그나마 협소한 공간마저도 여행객들을 상대로 한 주루나 여곽이 대부분을 차지했다.

비가 내렸다.

아침부터 내리기 시작한 비는 오후가 되어도 쉬 그칠 기미를 보이지 않았다. 아마도 이 비가 올해의 마지막 비일 것이다.

입동이 지난 지가 한참이니 다음에 하늘에서 내리는 무언가가 있다면 그것은 눈이 되지 않겠는가.

그래서 입동을 전후해 내리는 비는 괴롭다.

차라리 눈이라면 툭툭 털어내면 되지, 얼기 직전의 차가운 비는 사람의 체온을 급격하게 떨어뜨리고 손발을 곱게 만든다.

싸움을 앞둔 무인에게는 치명적인 일이다.

일단의 사람들이 나루터가 내려다보이는 산기슭에 매복해 있었다. 짚을 엮어 만든 도롱이를 뒤집어쓰고 그 사이사이에 나뭇가지를 꺾어 위장을 했지만 몸속을 파고드는 한기를 막지는 못했다.

덕분에 도롱이에서는 하얀 수증기가 뿜어 오르고 있었다.

벌써 반나절이다.

다들 말은 않지만 괴로움이 이만저만 아니었다.

괴로움은 참을 수 있다.

문제는 그로 말미암아 야기되는 전투력의 약화다.

멸천대(滅天隊)의 무인들은 도롱이 아래에서 쉴 새 없이 손을 비비고, 발가락을 꼼지락댔다. 손발이 곱지 않도록 대비를 하는 것이다.

멸천대는 한백광이 이끄는 저항군의 이름이었다.

전투에 임할 때마다 멸천멸마(滅天滅魔)를 외쳤더니 언제부턴가 강호인들이 그들을 멸천대, 한백광을 멸천대주라 부르기 시작한 것이다.

저만치에서 도롱이 하나가 오리걸음을 치며 한백광에게 다가오고 있었다. 사방이 쥐 죽은 듯 고요한 가운데 일어난 돌발적인 움직임인지라 모두의 시선이 도롱이를 향했다.

오리걸음이 어려운지 도롱이는 잠지 쉬었다가 다시 움직였다. 한백광은 눈살을 찌푸렸다. 위치를 고수한 채 무슨 일이 있어도 움직이지 말라는 명령을 내렸거늘.

이윽고 도롱이가 한백광의 앞에 도착했다.

도롱이 사이로 손가락 하나가 튀어나와 초립을 슬쩍 밀어

올렸다. 그러자 도롱이 주인의 얼굴이 백일하에 드러났다.

늙수그레한 얼굴에 멋들어진 수염을 기른 초로인. 산서 대호문(大呼門)의 제자로 동해의 바닷가 마을에서 훈장질을 하다가 오늘 아침에 새로 합류한 허관길이었다.

"위치를 고수하라고 했을 텐데요."

한백광이 서늘한 음성으로 말했다.

"그건 나중에 한 대 맞겠소. 그것보다 한 가지 궁금한 것 때문에 견딜 수가 있어야지요. 늙으면 이상하게 참을성이 없어진다오."

"궁금한 게 무엇입니까?"

"대주는 파양호에서 그와 함께 싸운 적이 있다고 했지요? 십병귀 말입니다."

"그렇습니다."

한백광은 대답을 하면서도 꼬박 공대를 했다.

대주라 불리기는 하나 그건 어디까지나 사람들이 무당파와 무당칠검이라는 이름을 존중하여 양보해 준 임시직책일 뿐, 저들 하나하나도 따지고 보면 모두가 일문의 제자요, 일가의 혈족이다.

후일 마도천하를 무너뜨리고 나면 그들이 문주가 되고 가주가 될 수도 있다. 특히나 허관길은 한백광에게도 까마득한 무림의 선배이거니와 대호문의 절기 공의십팔검(空椅十八劍)

을 극성까지 연성한 노강호였다.

"그가 그렇게 못생겼소?"

"무슨 말씀이신지요?"

"소문에 듣자니 키는 칠 척에 육박하고 얼굴은 절간의 사천왕상(四天王像)을 닮았으며, 일성을 내지르면 마교 놈들이 공포에 질려 오줌을 지린다고 하더군."

"혹시 이마에 뿔이 났다거나 방귀를 뀌면 앉아 있던 바위가 쪼개진다는 말은 못 들으셨습니까?"

"오오, 그렇소?"

허관길이 두 눈을 크게 뜨고 물었다.

그는 다 좋은데 사람이 너무 순진한 게 탈이다.

저 나이에 순진하다 못 해 바보스럽기까지 한 그가 어떻게 그 난해하다는 공의십팔검을 대성할 수 있었을까. 그러고 보면 무공은 머리가 아니라 땀으로 익힌다는 말이 맞는 것 같다.

여기저기서 사람들이 터져 나오는 웃음보를 참느라 얼굴이 시뻘게졌다. 심각한 상황에서 튀어나온 허관길의 행동은 지쳐 가던 사람들의 마음에 저도 모르는 여유를 갖게 했다.

한백광이 눈동자를 반짝였다.

그는 시치미를 뚝 떼고는 말을 이어갔다.

"그는 정말 무섭게 생겼지요. 그가 인상을 쓰면 마교 놈들이 오금을 저리고, 일성을 터뜨리면 오줌을 지리고, 일검을 휘두르면 감히 대적할 생각을 못하고 달아나기 바쁘지요."

저쪽에서 누군가 '킥' 하는 소리를 흘렸다. 그걸 시작으로 여기저기서 킥킥대는 소리가 들불처럼 번져 갔다.

그제야 한백광이 자신을 놀린다는 걸 알아차린 허관길이 눈썹을 꿈틀거리며 말했다.

"대주, 늙은이를 놀리시기요?"

"사실 그는 아주 평범하게 생겼습니다. 평범한 가운데 사람을 압도하는 무언가가 있지요. 저나 여기 있는 남궁 형 등을 비롯해 적지 않은 사람들이 그를 직접 보고, 그에 대해 말을 했지만 소문은 전혀 달라지지 않았습니다. 오히려 점점 과장되고 가공되더군요. 참으로 이상하지 않습니까?"

허관길은 고개를 끄덕이더니 말했다.

"전혀 이상하지 않소이다."

"어째서 그렇습니까?"

"축록자불견산(逐鹿者不見山)이라. 본시 사람은 자기가 보고 싶은 것만 보는 법. 그의 행보에 감격을 한 사람들이 그를 신비스럽고 용맹하게 포장하다 보니 얘기가 점점 산으로 가는 것이 아니겠소이까? 이럴 때는 얘기가 산으로 가는 것도 그리 나쁘지 않구려."

"과연 그 말이 타당하군요."

"아무튼 이 늙은이도 죽기 전에 그를 꼭 한 번 보고 싶은데, 기회가 닿을는지 모르겠소이다, 그려."

"무슨 그런 말씀을 하십니까? 선배님께선 우리가 지금 그의 뒤를 따르고 있다는 걸 잊으셨습니까? 그는 불과 하루의 거리에 있습니다. 마필만 탈취하고 나면 다시 그의 뒤를 따를 것이고, 머지않아 만나실 수 있을 겁니다."

"그럴까요?"

"이를 말씀입니까. 하니, 이제 그만 위치로 돌아가 주십시오."

허관길의 표정이 환하게 밝아졌다.

그러곤 다시 초립과 도롱이를 푹 뒤집어쓰고 오리걸음으로 돌아갔다.

줄곧 두 사람의 대화를 주시하던 다른 사람들 사이에서도 좀 전과는 다른 기류가 생겨나기 시작했다. 그건 희망과 기대였다.

지금 이곳에 매복한 사람들 중 몽중연에서 온 비선의 고수들과 한백광이 교룡채에서부터 데리고 왔던 일부 수하들을 제외하면 엽무백을 본 이가 없었다.

하지만 그들은 엽무백의 소문을 듣고, 그와 함께 금사도로 가기 위해 왔다. 그들은 엽무백을 간절히 보고 싶어 했다.

"엽 대협에 대한 신망이 대단하군요."

허관길이 돌아가자 남궁옥이 작은 소리로 속삭였다.

"어찌 그렇지 않겠습니까? 그는 지난 십 년 동안 아무도 하지 못했고, 가지도 않으려 했던 길을 가고 있습니다."

"모든 힘이 한 사람에게로 집중되는 것이 꼭 좋은 일만은 아닙니다. 강력한 지도자는 사람들을 하나로 뭉치게 하는 구심점이 되기도 하지만 반면에 그에게 무슨 일이 생기면 조직이 단숨에 와해된다는 단점이 있죠. 이게 무엇을 뜻하는지 아시겠습니까?"

중원 곳곳에서 생존한 정도 무림인들이 은거를 깨고 세상 밖으로 나오고 있다. 무려 십 년을 숨어 살던 사람들이다.

이건 마지막 기회다.

이번에 실패하면 정도 무림인들은 씨가 마를 것이고, 그나마 살아남는 몇몇 사람들 역시 다시는 마교에 저항할 생각을 못할 것이다. 그때부턴 마도천하가 천 년을 이어지리라.

이게 엽무백이 실패해선 안 되는 이유다.

그의 어깨에 정도무림의 운명이 걸려 있었다.

"그는 분명히 해낼 겁니다."

한백광이 힘주어 말했다.

그때 비둘기 한 마리가 숲으로 날아들었다.

향구(香鳩)다.

보통의 전서구가 귀소본능을 이용하는 데 반해 향구는 어미가 내뿜는 젖 냄새를 이용한다. 물론 향의 농도를 높이기 위해 어미에게 특수한 약재를 먹인다.

이렇게 조련한 향구는 언제 어디서든 장소의 제한 없이 이용할 수 있다. 백 리 이내라는 제한이 붙기는 하지만 지금의 경우 백 리마다 또 다른 향구를 지닌 비선이 깔렸으니 문제가 없다.

남궁옥이 향구의 발목에 묶인 전서를 풀어 읽었다. 사람들의 시선이 모두 남궁옥을 향했다.

엽무백에 관한 소식이라는 걸 본능적으로 알았기 때문이다.

엽무백이 소리 소문도 없이 사라진 상황에서 대단위의 병력이 대별산으로 향하고 있다는 보고를 받은 지 하루 만이었다.

그들은 분명 엽무백을 잡으러 갔다.

전서를 읽어 내려가는 남궁옥의 얼굴 표정이 점점 굳어졌다. 사람들의 가슴은 새까맣게 타들어갔다.

여기서 이럴 게 아니라 대별산으로 달려가 그를 도와야 했던 게 아닌가?

저 전서가 그의 부고는 아닐 테지?

이윽고 남궁옥이 전서에서 눈을 뗐다.

그는 한동안 망연자실한 표정을 지었다.

"적주!"

한백광이 재촉했다.

남궁옥이 그제야 한백광을 돌아보며 천천히 입을 열었다. 전서의 내용을 도저히 믿을 수 없다는 표정으로.

"그가 자신을 잡기 위해 죽림을 포위했던 혈랑삼대의 병력 이천 중 절반을 몰살한 후 일행과 함께 북쪽으로 달려가고 있다는 소식입니다."

숲 전체가 얼음물을 뒤집어쓴 것처럼 고요해졌다.

사람들은 남궁옥의 표정이 왜 그리 심각했는지 그제야 이해가 되었다. 혈랑삼대는 말이 타격대지 전쟁을 위한 병단이다.

단 한 명을 잡기 위해 하나의 병단이 출동을 했다는데 어찌 놀라지 않으리오.

단 여섯 명이 악명 높은 병단을 절반이나 몰살한 후 북쪽으로 향하고 있다는데 어찌 놀라지 않으리오.

사람들은 뒤늦게 입을 찢어지게 벌리며 속으로 함성을 질러댔다. 행여나 적들에게 포위되어 몰살을 당하지 않았을까 염려했더니 오히려 적들을 혼쭐내고 북쪽으로 향한단다.

온몸의 피가 부글부글 끓을 정도로 기뻤다.

"천 명을… 단 여섯 명이서 천 명의 사상자를 냈단 말이오?"

한백광이 놀라 물었다.

아무리 생각해도 쉬이 믿어지지가 않았다.

그의 상식에서 이건 물리적으로 불가능했다.

"더욱 놀랄 일이 있습니다."

남궁옥의 한마디가 흘러나오자 끓어오르던 좌중의 기도가 다시 잠잠해지며 모든 신경이 남궁옥에게로 쏠렸다.

"그를 죽이기 위해 온 세 명의 노마두가 있었다고 합니다. 비선에 따르면 명계의 북천삼시로 추정된다는군요."

"북천삼시!"

한백광의 얼굴이 차갑게 굳었다.

허관길을 비롯해 몇몇 강호의 경험이 많은 사람들도 흠칫 굳었다. 명계와 북천삼시라는 이름이 주는 살벌함을 알기 때문이다.

"그래서… 어떻게 되었답니까?"

한백광이 떨리는 목소리로 물었다.

하지만 그의 질문은 의미가 없었다.

이미 일천가량의 적을 베고 북진한다고 하지 않았나. 그렇다면 승부는 이미 끝난 것이다. 남궁옥은 환하게 웃으며 다시 한 번 확인을 해주었다.

"그가 내지른 일검을 맞고 그 자리에서 즉사했다고 합니다. 단 일검에……."

"어후씨, 속이 뻥 뚫리는 것 같군!"

저만치에서 허관길이 저도 모르게 목소리를 쥐어짰다. 여기저기서 마른침을 꼴딱꼴딱 삼키는 소리가 들렸다.

한백광은 말을 잇지 못했다.

북천삼시와 조우한 적은 없지만 그들과 그들이 산다는 명계에 대해서는 들은 바가 있다.

단 한 명만 등장해도 강호를 경동시킬 세 명의 고수가 한날한시에 나타났다. 그리고 약속이나 한 듯 한날한시에 죽었다.

십병귀가 내지른 일검을 맞고.

'그가 그토록 강했었나!'

파양호의 점장대에서 그가 싸우던 모습을 생각하면 이해 못 할 것도 아니다. 하지만 점장대에서는 겨우 오륙백 명에 불과했다. 대병력이 그를 잡기 위해 대별산으로 집결한다는 소식을 접하고 적잖이 우려했거늘…….

'뭔가 숨기는 게 있어.'

그런 느낌을 지울 수가 없었다.

곁을 돌아보니 남궁옥 역시 상념에 잠긴 표정이다.

하지만 지금은 지금의 목적에 충실해야 한다.

한백광은 서둘러 신색을 바꾸고 사람들을 향해 말했다.

"다들 들었지? 그가 북천삼시를 비롯해 적 병력 일천을 떼 몰살 시키고 북진 중이라는 소식이다. 그의 행보를 헛되이 하지 않기 위해서라도 우리는 기필코 승리할 것이다."

낮은 음성이었지만 멀리까지 전해졌고, 숲에 매복한 약 백여 명의 정도 무림인들은 똑똑히 들었다. 소리없는 함성이 숲전체에 퍼졌다.

소식을 전해준 남궁옥도 간만에 미소를 지었다.

생각지도 않은 낭보는 추위와 배고픔에 지친 사람들의 사기를 더욱 끌어 올릴 것이다.

하지만 전쟁은 사기만으로 하는 것이 아니다.

기본적으로 충분히 먹어야 한다. 겨울이 시작되고 있으니 방한을 위한 옷과 신발 등속도 필요하다. 거기에 더해 인명 손실을 최소한으로 줄이려면 질 좋은 도검과 기동성 확보를 위한 말은 필수다.

특히 말이 절실했다.

소수의 저항군이 절대다수의 적을 상대로 싸울 때는 별동대(別動隊)처럼 치고 빠지는 전술을 쓸 수밖에 없다. 별동대에게 말은 제 목숨만큼이나 중요한 존재였다.

하지만 말이라고 다 탈 수 있는 게 아니다.

반드시 훈련된 말이어야 하고, 광란의 전장 속에서도 놀라지 않는 전마(戰馬)여야 한다. 그러나 훈련된 말은 귀하다. 전장에서 쓸 수 있는 말은 더욱 귀하다.

그래서 한백광은 지금 말을 구하기 위해 왔다.

사흘 전 얻은 첩보에 의하면 백산(白山) 운귀곡(雲歸谷)의 비마장(飛馬莊)에서 기른 말 백 필이 바로 이곳 의창을 통해 장강을 건넌다고 한다.

석수(石首)에서 배를 타고 공안(公安), 형주(荊州), 의도(宜都)를 지나 이곳 의창까지 온 다음 육로로 갈아타려는 것이다. 그게 말에게 피로를 최소한으로 주어 최상의 상태를 유지하는 방법이니까.

백 필의 말은 신궁으로 향하고 있다.

팔마궁과의 전쟁을 앞두고 천제악이 중원 각처에서 전쟁 물자를 징발하는 탓이다. 하지만 나타날 시간이 훨씬 지났음에도 불구하고 어쩐지 소식이 없었다.

"좀 이상하지 않습니까?"

남궁옥이 물었다.

"뭐가 말입니까?"

"아시다시피 지금은 중원 곳곳에서 정도 무림인들이 일어서고 있는 형국입니다. 이런 시국에 전쟁 물자를 운송할 때는 기밀을 요할 수밖에 없지요. 한데 우리는 그 정보를 너무 쉽게 취득했습니다. 그것도 우리가 말을 가장 절실히 필요로 할 때."

"백 필이나 되는 말을 운송하려면 호위가 상당할 겁니다. 반면에 정도 무림인들의 머릿수나 무장 수준은 아직은 한심

할 정도지요. 처음부터 두려워하지 않았거나, 아니면 말을 이용해 우리를 함정에 빠뜨리려는 것이겠지요. 어느 쪽이든 우리에겐 선택의 여지가 없습니다."

"딴엔 그렇긴 합니다만……."

그때였다.

풀숲에서 바람이 일더니 한 사람이 한백광의 앞에 떨어졌다. 산서 비룡문의 후예 위상문이었다. 비선이 직접 나서 한백광을 돕기로 하면서 몽중연의 일부 고수들 또한 동행하는 처지였다.

"놈들로 짐작되는 배가 오고 있습니다."

第五章 모두 함께 간다

산비탈 너머로 커다란 배 세 척이 모습을 드러냈다.

판옥선이었다.

강남에서 나는 미곡을 강북으로 운반하는 데 주로 이용되는 판옥선은 선저가 낮고 갑판이 넓어 선적량이 많은 물자를 운송하는 데도 널리 쓰인다.

특히 지금처럼 미곡이 나지 않는 겨울에는 마소나 돼지 따위의 가축을 운반하는 데 주로 쓰인다. 바닥이 평평해 배의 흔들림이 적고, 덕분에 가축이 멀미를 하지 않기 때문이다.

게다가 갑판의 둘레에는 높다란 말뚝을 박고 차양을 둘렀다. 덕분에 밖에서는 안이 보이지 않고, 안에서도 밖이 보이지 않는다.

이는 태생적으로 평지를 달리는 데 익숙한 말들이 넘실대는 물을 보고 놀라지 않도록 하려는 조처다.

배의 형태, 크기, 갑판을 둘러싼 높다란 차양, 거기에 커다란 짐승이 쿵쿵 뱃전을 울리는 소리와 간간이 들리는 말 울음소리까지. 틀림없는 비마장의 운송선이다.

"전투가 벌어지면 말들이 놀라서 흩어질 수도 있다. 배가 물에 닿는 순간 기습을 해 배덕자들을 죽이고 말을 탈취한다. 일조는 나와 함께 첫 번째 배를, 이조는 두 번째 배를, 삼조는 세 번째 배를 맡아주시오."

"알겠습니다."

"알겠습니다."

남궁옥과 팽도굉이 차례로 대답했다.

미곡선의 크기와 실을 수 있는 마필의 양을 계산해 한백광은 세 척의 배가 올 것이라 짐작했고, 그에 따라 조를 세 개로 편성해 놓았다. 그의 예상은 그대로 적중했다. 최소한 지금까지는.

"만에 하나 함정일 경우, 후퇴하지 말고 끝까지 싸운다. 우리의 목적은 말을 구하는 것이지만 동시에 간악한 배덕자들을 징치하는 것이다."

마지막 명령은 모두를 향한 것이었다.

큰 배가 나루터를 향해 다가오자 근처에서 서성거리던 사람들이 비가 오는데도 불구하고 나루터로 모여들기 시작했다.

호객꾼, 창녀, 걸인, 상인, 그리고 전에 없이 큰 배가 세 척이나 들어오자 할 일 없이 구경을 나온 사람들이었다.

마침내 배가 모두 나루터에 닿았다.

선원으로 보이는 사람들이 튀어나와 밧줄을 던졌고, 선창에 기다리고 있던 사람들이 그 밧줄을 받아 쇠말뚝에 단단히 묶었다.

잠시 후, 선창과 배를 연결하는 선교(船橋)가 놓였다. 선교의 양쪽을 단단히 고정하는 것으로 모든 준비가 끝이 났다. 기습을 알아차리고 다시 배를 띄우려면 밧줄을 끊고 선교를 뜯어내야 한다.

충분한 시간이 있는 것이다.

한백광의 입에서 일성이 터졌다.

"돌격!"

"와아!"

산기슭에 엎드려 있던 이백여 명의 무인이 세찬 함성과 함께 빗속을 달렸다. 산기슭과 나루터의 거리는 불과 오십여 장, 무공으로 단련된 무인들이 도달하는 데는 촌각의 시간도

걸리지 않았다.

선창으로 몰려들던 사람들이 비명을 지르며 흩어졌다. 그 사이 세 척의 배에서 차양이 찢어지듯 걷혔다.

순간, 드러나는 배 안의 풍경은 한백광이 예상했던 것과는 달랐다. 각 배마다 오십여 명의 궁사가 시위를 잔뜩 당긴 채 도열해 있었다.

"흩어져!"

"발시!"

한백광의 명령과 적 수장의 명령이 동시에 떨어졌다.

파파파파파팟!

전방의 허공을 새까맣게 뒤덮으며 화살이 날아들었다. 멸 천대의 무인들이 발 빠르게 흩어졌지만 상당수는 도롱이를 뚫고 들어오는 화살을 피하지 못했다.

"으악!"

"아악!"

곳곳에서 처참한 비명과 함께 무인들이 쓰러졌다. 단 한 번 의 발시로 스무 명 이상이 쓰러진 것 같았다. 거리가 너무 가 까운데다 갑작스러운 공격으로 미처 피하지 못한 탓이다.

그나마 하나같이 고수들이었기에 이 정도로 그칠 수 있었 다. 하지만 사람들은 달려가는 속도를 늦추지 않았다.

처음 한백광에게 명령을 받은 대로 그들은 물러날 생각이 없었다. 적들이 두 번째 화살을 쏠 기회를 주지 않고 뱃전으로 뛰어들어 백병전을 벌이면 충분히 승산이 있었다.

숫자로도 개개인이 지닌 무력으로도 이쪽이 압도적이었다.

한백광, 남궁옥, 팽도굉이 그 선두에 섰다.

한백광은 우측 첫 번째 배로 향했다.

두 번째 발시의 기회를 놓친 적들이 장검을 뽑아 들고 달려나왔다. 한백광은 대여섯 장을 남겨두고 돌연 허공으로 솟구쳤다. 허공에서 공중제비를 도는 그의 아래로 십여 자루의 칼날이 천중을 갈랐다. 하지만 한백광의 옷자락 하나 건드리지 못했다.

한백광은 천근추의 수법을 발휘, 정확히 뱃머리의 용골에 떨어졌다.

쿠웅!

엄청난 진동과 함께 배가 요동쳤다.

뱃전에 몰려 있던 오십여 명의 적이 중심을 잃고 휘청거렸다. 한순간 큰 혼란이 벌어졌다. 한백광이 장검을 휘두르며 그 혼란 속으로 뛰어들었다.

"멸천멸마! 한 놈도 살려두지 마라!"

천둥 같은 대갈일성과 함께 막강한 검세가 몰아쳤다. 섬광이 번쩍일 때마다 비명이 터지고, 피가 솟구쳤으며, 육편(肉

片)이 비산했다. 칠백 년 무당의 오의가 담긴 태극검(太極劍)은 일말의 자비심도 없었다.

"저놈이 무당칠검이다!"

누군가 한백광을 알아보고 찢어지게 외쳤다.

그럴 수밖에 없었다. 부드러운 가운데 노도와 같은 기운을 담은 태극검은 너무나 유명했고, 당금 강호에서 저만한 경지의 태극검을 구사할 수 있는 자는 파양호에서 처음 모습을 드러냈다는 무당칠검 한백광밖에 없었다.

저 외침으로 미루어 멸천대의 무인들은 한 가지 사실을 알아냈다. 저들은 처음부터 한백광을 노리고 온 것이다.

무언가 이상하다던 남궁옥의 말이 맞았다.

지금 멸천대에는 한백광만 있는 게 아니었다.

남궁옥이 있었고 팽도굉이 있었다.

그들 외에도 과거 정도무림을 대표했던 명문대파의 후예들이 적지 않게 있었다. 적들은 그들 모두를 노리고 왔다. 십병귀 못지않게 그들 역시 위험한 존재들이었으니까.

한백광 등은 함정이라는 걸 깨닫고 난 후에도 무서운 속도로 뱃전을 기습, 적들을 추풍낙엽처럼 쓰러뜨려 갔다.

한데 적들에게도 한 수는 있었다.

뱃전의 뒤쪽에서 죽립을 눌러쓴 십여 명이 튀어나왔다. 경신법이 예사롭지 않더라니 그들의 검에 멸천대의 무인들이 하나둘씩 쓰러지기 시작했다. 그건 남궁옥과 팽도굉이 뛰어든 다른 배들도 마찬가지였다.

"으아악!"

"크아악!"

찢어지는 비명과 함께 피보라가 사방으로 튀었다.

한백광은 죽립의 검수들을 향해 신형을 쏘았다.

까가가가강!

격렬하게 울려 퍼지는 금속성.

놀랍게도 죽립의 검수는 한백광의 검초를 다섯 번이나 연달아 받아냈다. 손목이 시큼하게 저려오는 것이 내공 수위 또한 낮지 않았다.

하지만 그뿐이었다.

한백광이 여섯 번째 검초를 뿌렸을 때 사내의 가슴이 쩍 갈라져 버렸다.

순식간에 네 명의 죽립인이 한백광을 에워쌌다.

그때부터 연수합격이 펼쳐졌다.

검과 검이 맹렬하게 부딪쳤다 떨어지기를 반복했다. 불꽃이 튀고, 막강한 검세가 뱃전 한가운데서 회오리처럼 일어났다.

눈 깜짝할 사이에 삼십여 합이 오갔다.

한백광은 좀처럼 승기를 잡지 못했다.

하나하나의 무공은 자신에 비해 한참 아래였지만 넷이 하나로 뭉치니 그 위력은 능히 자신의 검을 받아내고도 남았다.

적들이 펼치는 괴이한 검진 때문이다.

검진이 아무리 괴이해도 한백광은 저들을 꺾을 자신이 있었다.

문제는 시간이었다.

공방을 주고받는 동안 전세는 다시 역전되어 멸천대의 무인들이 조금씩 밀리기 시작했다. 한백광이 죽립의 검수들에게 발을 묶인 탓이다.

'도대체 누구인가?'

그때였다.

선창 쪽 주루의 문이 터져 나가더니 일단의 무리가 쏟아져 나오기 시작했다. 놀랍게도 그들 역시 죽립을 쓰고 있었고, 그 숫자는 칠십여 명에 육박했다.

"흑귀대(黑鬼隊)다!"

건너편 배에서 남궁옥이 외쳤다.

그제야 한백광은 죽립인들의 왼쪽 목덜미에 새겨진 두 개의 섬뜩한 귀안(鬼眼)을 발견했다. 신궁에는 공식적으로 모두 여섯 개의 대(隊)가 있고, 일대의 인원은 적게는 일백에서 많게는 이천에 육박하는 곳도 있다.

흑귀대는 일천에 육박하는 중간급 규모의 타격대로 대략

오십에서 백여 명씩 무리를 지어 활동한다. 이번 작전에 출동한 숫자는 백여 명으로 보였다.

비마장의 무인 백오십여 명에 흑귀대의 고수 백여 명이 추가되었으니 도합 이백오십여 명을 상대하는 싸움이 되어버렸다.

문제는 흑귀대의 무력이었다.

"커헉!"

무려 오십여 초의 공방을 나눈 끝에 한백광은 흑귀대의 고수 하나를 쓰러뜨렸다. 일단 균형이 무너지자 한백광은 그 틈을 놓치지 않고 검진 속으로 뛰어들어 나머지 세 사람을 벼락처럼 베어버렸다.

"커헉!"

"허억!"

"으악!"

하지만 주루에서 튀어나와 새롭게 가세한 흑귀대의 고수들이 또다시 한백광을 에워쌌다. 이번엔 십여 명이나 되었다.

마치 한백광 한 사람만 잡으면 다른 자들은 시간문제라는 듯, 그들은 부나방처럼 달려들었다.

한백광은 또다시 흑귀대의 고수들에게 발목을 묶여 버렸고, 그사이 흑귀대가 가세한 비마장의 무인들은 멸천대를 밀어붙여 갔다.

멸천대의 무인들은 약한 자들부터 하나씩 죽어갔다. 상황은 남궁옥과 팽도평이 기습한 다른 배들도 마찬가지였다.

그때였다.

"으아악!"

"아아악!"

찢어지는 단말마와 함께 한백광이 상대하던 흑귀대의 목이 뎅겅뎅겅 떨어지고 있었다. 목 떨어짐은 옆 사람에서 옆 사람에게로 전염병처럼 이어졌다. 눈 깜짝할 사이에 대여섯 개의 목이 바닥을 나뒹굴었다. 그게 끝이 아니었다.

잠시 후에는 멸천대와 뒤섞인 흑귀대의 고수들이 허리, 옆구리, 배, 어깨, 목에서 피를 뿜으며 쓰러지기 시작했다.

그제야 사람들은 무언가가 배 안에 있음을 감지했다. 검은 연기 같기도 하고, 한 줄기 빗살 같기도 한 그 미지의 괴물은 정확히 흑귀대의 고수들만 골라 제거했다.

'엄청난 고수다!'

모두의 머릿속에 떠오른 생각이었다.

분명한 건 그가 멸천대를 돕고 있다는 것이다.

비마장과 흑귀대의 고수들은 크게 당황했다.

반면에 패색이 짙어가던 멸천대의 사기는 하늘을 찌를 듯했다.

"멸천멸마! 마교에 귀의한 자, 마교를 돕는 자, 한 놈도 남기지 말고 멸하라!"

한백광이 대갈일성을 터뜨렸다.

"와아!"

터질 듯한 함성과 함께 멸천대의 고수들이 뱃전을 쓸어가기 시작했다. 정체 모를 고수의 등장으로 상황이 또다시 역전되었다.

그사이 첫 번째 배의 흑귀대를 이십여 명이나 제거해 전세를 역전시켜 버린 미지의 고수는 무려 십 장이 넘는 거리를 비상해 두 번째 배에 올라탔다.

두 번째 배에서도 똑같은 학살이 자행되었다. 그는 귀신같은 신법으로 흑귀대의 고수들만 골라 베어버렸다.

두 번째 배는 머지않아 남궁옥이 이끄는 이조에 의해 장악당했다. 여력이 남은 멸천대의 고수들이 가세해 세 번째 배를 마저 탈취해 버렸다.

전투가 할퀴고 간 선창의 광경은 처참하기 이를 데 없었다. 반파된 세 척의 배는 피로 홍건했고, 선창으로 이어지는 교각과 물에 널브러진 시체들 또한 부지기수였다.

살아남은 적들의 수는 겨우 구십여 명, 대부분이 비마장의 무인들이었다. 승기가 기울자 전의를 상실한 그들은 죽어가는 동료들도 내버려 둔 채 일찌감치 줄행랑을 놓아버렸다.

멸천대의 완승이었다.

하지만 승리의 함성을 지르는 사람은 없었다.

적 백육십여 명을 베어 넘기는 대가로 이쪽 역시 오십이나
되는 동료를 잃었다. 하지만 그건 죽은 자들의 숫자였다. 크
고 작은 부상을 당한 자들의 숫자는 그 두 배에 달했다. 멸천
대가 만들어지고 난 이후 최대의 인명 피해가 나왔다.

그 대가를 치르고도 노획한 말의 숫자는 겨우 십여 필, 적
들이 마필을 운반하는 선으로 위장하기 위해 실은 것들이다.
놈들은 선창에 이르기 전 말 옆구리를 찔러 울음소리를 내게
했음이 분명했다.

피를 흠뻑 뒤집어쓴 한백광은 참담한 표정으로 사위를 굽
어보았다. 부상을 당한 자들의 신음이 귓속을 파고들었다.

"대주의 잘못이 아닙니다."

어느새 곁에 다가온 남궁옥이 말했다.

"진정 그리 생각하시오?"

"비록 말은 얻지 못했지만 적 백육십여 명을 베어 넘겼습
니다. 오늘의 싸움은 승전으로 기록될 것이고, 더 많은 정도
무림인들을 불러낼 것입니다."

"우리도 오십을 잃었소."

"전투란 원래 그런 것이 아닙니까."

"무슨 뜻인지 알겠소. 죽은 사람들을 양지바른 곳에 묻어

주고 부상자들을 서둘러 치료하시오. 흑귀대 본대가 몰려오기 전에 최대한 빨리 이곳을 떠야 하오."

"알겠습니다. 그리고……."

말미에 남궁옥이 한쪽으로 시선을 주었다.

저만치 반파된 뱃머리 아래에서 사내 하나가 부상자들 사이를 바쁘게 오가며 치료를 하고 있었다.

스물대여섯 살이나 되었을까?

청의장삼을 단정하게 차려입고 장검을 가슴에 품은 사내였다. 허연 얼굴에 닭 모가지 비틀 힘도 없을 것 같은 저 사내가 이번 싸움을 승리로 이끈 주역이었다.

바람 같은 신법과 유령 같은 은형술로 배와 배를 종횡무진하는 그의 검 아래 죽어간 흑귀대의 고수만도 오십이 넘었다.

필시 살수 비기를 익힌 초절정의 검사이리라.

그렇다고 해도 놀랍다.

저만한 나이에 어찌 그토록 고강한 무공을 지닐 수 있었을까? 아무리 생각해도 당금무림에 그만한 실력을 지닌 이가 있다는 말을 들어본 적이 없었다.

한백광이 사내를 향해 걸음을 옮겼다.

"조심하십시오."

남궁옥이 목소리를 착 가라앉히며 동행했다.

한백광과 남궁옥뿐만이 아니다.

팽도굉, 장기룡, 위상문 등을 비롯해 적지 않은 사람들이 진작부터 의문의 사내를 암암리에 주시하고 있었다.

사내의 곁으로 다가간 한백광은 미처 말을 걸어볼 틈이 없었다. 사내가 빠르게 손을 놀리며 치료를 하는 사람은 대호문의 허관길이었다. 팔 하나는 어디로 갔는지 보이지도 않고 길게 찢어진 옆구리에서는 창자가 흘러나왔다.

"선배!"

"대주시구랴."

"어쩌다가……!"

"아, 별일 아니외다. 그저 팔 하나가 떨어지고 창자가 조금 삐져나온 것뿐이니까. 그것보다 우리가 이긴 게 확실한 것이오?"

"그렇… 습니다."

"그럼 됐소. 중요한 건 우리도 이길 수 있다는 거외다. 강호인들이 그걸 깨닫는 게 중요하오."

"……."

"아이고야, 피를 많이 흘렸더니 살짝 피로가 몰려오네. 예의가 아닌 줄 알지만 잠시만 누워 있겠소이다."

지금쯤 극한의 고통이 느껴질 것이다.

그럼에도 불구하고 허관길은 목소리 하나 흐트러지지 않았다. 무림의 후배들 앞에서 스스로 강건한 모습을 보이려는 것이다.

그 와중에도 의문의 사내는 손을 쉴 새 없이 놀리고 있었다. 잘려 나간 팔은 이미 지혈을 하고 광목을 친친 감아놓은 상태였다.

사내는 갈라진 옆구리 사이로 삐져나온 창자와 자신의 손에 정체를 알 수 없는 가루를 잔뜩 뿌렸다. 그런 다음엔 맨손으로 창자를 쑤셔 넣더니 놀랍게도 자신의 손까지 허관길의 뱃속에 쑤욱 집어넣었다.

"끄허……!"

놀란 허관길의 허리가 활처럼 휘어졌다.

그는 두 눈을 똑바로 뜨고 사내의 멱살을 잡더니 그대로 졸도해 버렸다. 한백광은 물론이거니와 곁에서 지켜보던 사람들도 기겁을 했다.

능숙한 손놀림으로 미루어 의술에 조예가 깊다는 건 짐작했지만 세상에 저런 치료는 듣도 보도 못했다. 만약 저 사내가 한백광이나 남궁옥을 저런 식으로 치료했다면 당장에 목을 쳤을 것이다.

하지만 허관길은 한백광이나 남궁옥에 비해 중요도가 낮은 인물이었고, 그런 사람을 저런 방식으로 암살할 리는 없었다.

최소한 한백광이나 남궁옥을 제거하기 위해 보낸 첩자는

아니다.

사내는 뱃속에서도 손을 한참이나 놀렸다.

따로 설명을 해주지는 않았지만 그것이 여러 장기로 하여금 자리를 잡게 해주고, 달리 내상이 있는지 확인하는 과정이라는 걸 사람들은 알 수 있었다.

이윽고 그가 손을 빼더니 실과 바늘을 꺼내 찢어진 옆구리를 눈 깜짝할 사이에 꿰매 버렸다. 바늘이 생살을 찌르는 고통에 허관길이 다시 깨어난 것도 그 무렵이었다.

하지만 좀 전과 달리 한결 편안한 기색이었다.

옆구리를 꿰맨 사내가 이번엔 품속에서 금창약을 꺼내 바르고 자신의 옷자락을 부욱 찢어 상처 부위를 칭칭 압박해 묶는 것으로 치료가 끝났다.

"살고 싶으면 사흘간 물을 마시지 마시오."

사내의 말이었다.

"치료 방법이 아주 고약하오이다."

"사흘 동안은 지독한 설사와 함께 고열에 시달릴 것이오. 그 고비를 넘기면 살고, 그렇지 못하면 죽을 것이오."

"걸어 다녀도 되오?"

"죽고 싶소? 걷기는커녕 일어나 앉아도 안 되오. 사흘은 죽었다고 생각하고 하늘만 보고 누워 있으시오."

"십병귀나 한번 보고 죽으려고 했더니만."

허관길은 풀이 죽었다.

걷지도 앉지도 못하고 하루 종일 누워만 있어야 한단다. 이런 상태에서는 사람들에게 짐만 될 뿐, 안전한 곳에서 조용히 요상을 하고 있다가 나중에 따라가는 수밖에 없다.

"어쨌거나 저승 문턱까지 간 사람을 붙잡아준 것만으로도 감지덕지할 일이지. 난 대호문의 허관길이라고 하오. 어느 문파의 고인인지 모르나 이 은혜는 평생 잊지 않겠소."

허관길이 누운 상태에서 한 손으로 포권을 쥐었다.

사내는 무뚝뚝한 얼굴로 고개를 끄덕이고는 일어났다. 그리고 자신을 둘러싼 사람들을 한차례 쭈욱 둘러보더니 한백광에게서 시선이 멈췄다.

"무당칠검 한백광, 맞소?"

"그렇소이다."

"당엽이라고 하오."

"당엽……?"

"엽무백이 보내서 왔소."

"……!"

엽무백이라는 한마디에 좌중이 태풍을 맞은 것처럼 술렁였다. 남궁옥, 팽도굉을 비롯한 멸천대의 수뇌부들이 한백광과 사내를 중심으로 모여들었다.

"그가 보낸 사람이라는 걸 증명할 수 있소?"

남궁옥이 물었다.

"아마도 당신이 남궁옥이겠지?"

"그렇소."

"귀신이로군."

"뭐가 말이오?"

"그가 이르길 남궁옥은 매사에 신중하고 의심이 많아 반드시 신분을 확인하려 할 것이니 그땐 이렇게 말하라고 합디다. 당소정의 발목에 박힌 독은 깨끗이 제거되었고, 지금은 평소의 무공을 회복했다고. 물론, 경공을 펼치는 데도 하등의 지장이 없다고."

"……!"

대부분의 사람들은 이 말 속에 담긴 의미를 알지 못했다. 오직 남궁옥과 함께 몽중연에서 온 비선의 고수들만 알아들었다.

남궁옥은 당소정을 마음에 두고 있었다.

사람들에게 내색하지는 않았지만 그는 이미 비선을 통해 대별산에서 당소정이 비궁대의 철시를 맞았다는 보고를 받았다.

비궁대의 철시에는 독 발린 역린이 달렸었다.

아무리 당문의 후예라고는 하나 쫓기는 와중에 독을 제대로 치료할 수 있나. 부상의 예후가 궁금해 견딜 수 없던 차에 당엽이란 사내로부터 뜻밖의 선물을 받았다.

엽무백은 처음부터 남궁옥의 마음을 알고 있었던 것이다. 이건 적이라면 절대 알 수 없는 내용이다.

당엽이 엽무백의 사신이라는 사실이 확실해지는 순간이었다.

"그가 대별산에서 조우했다는 이가 당신이군요."

"그렇소."

"하면 귀하가 바로… 백골총의 소악마?"

"비선의 적주라더니 과연 빠르군."

백골총의 소악마가 유명하기는 하지만 그건 어디까지나 마교도들 사이에서였다. 덕분에 사람들은 남궁옥의 말이 정확히 누구를 말하는지 알 수 없었다.

하지만 그런 그들도 하나는 안다.

어느 날 갑자기 멸문지화를 당해 버린 중원 최강의 살수집단 백골총. 소악마가 누구인지는 모르나 엽무백이 그를 취한 것으로 보아 보통 비범한 인간이 아니다.

이미 그의 솜씨를 보았지 않나.

엽무백에 이어 뜻하지 않은 또 다른 동지의 등장에 사람들은 가슴이 벅차올랐다.

남궁옥이 한백광을 돌아보며 고개를 끄덕였다.

틀림없다는 뜻이다.

한백광이 물었다.

"그가 왜 당신을 보냈소이까?"

"그가 이르길, 열흘 후 해가 질 무렵 무당산으로 동원 가능한 모든 병력을 이끌고 집결하라 했소."

"무당산엔 왜……?"

한백광이 놀라 물었다.

무당산은 꿈에도 그리던 자신의 사문이다.

그 옛날 마교의 고수들에게 멸문당한 후 단 한 번도 찾아보지 못했던 곳. 엽무백은 왜 하필 그곳으로 집결하라는 걸까?

"나는 다만 그의 명령을 전할 뿐이오."

잠시 침묵이 흘렀다.

엽무백을 잘 알지는 못하지만 그가 어떤 사람인지 대략은 짐작하고 있다. 그는 적 병력이 아무리 많아도 홀로 싸우는 방식을 선호할 사람이지, 도움을 청할 사람이 아니다.

그런데 이번엔 동원 가능한 병력을 모두 이끌고 무당산으로 집결하라고 한다. 자존심 강하고 번거로운 걸 싫어하는 그조차도 도움을 청해야 할 만큼 큰 싸움이 벌어지려 하는 걸까?

그것도 무당산에서.

"그리고 또 한 가지. 나를 도와줄 사람이 스무 명 정도 필요하오. 발이 빠르고 근력이 좋으며 은형술에 조예가 있는 사람이라야 하오. 단순히 뛰어나다가 아닌 귀신도 속일 정도의 발군이어야 하오."

"그건 또 왜 그렇소?"

"이것 역시 그의 명령이오."

무슨 내용인지 모르나 당엽은 입을 굳게 닫아버렸다. 필시 함부로 발설하지 말라는 명령도 엽무백으로부터 받았을 것이다.

한백광은 장고에 잠겼다.

병력을 집결하라는 엽무백의 명령 때문이 아니었다. 왜 하필 그곳이 무당인지가 그로 하여금 상념에 빠뜨리게 했다.

자신이 모르는 무언가가 진행 중이었다.

"대주……."

남궁옥이 낮은 음성으로 한백광을 불렀다.

여기서 무당산까지는 경공을 펼쳐도 열흘이 넘는 거리. 서둘러 결단을 내려야 한다.

"비선과 연락이 닿는 모든 저항군들에게 소식을 전하시오. 열흘 안에 무당산으로 올 수 있는 자들은 모두 오라고. 이건 나 한백광이 아닌 십병귀의 명령이오."

"알겠습니다."

남궁옥이 대답을 한 후 뒤를 돌아보며 고개를 끄덕였다. 비선의 고수 몇 사람이 인적이 드문 곳으로 사라졌다. 향구를 날려 다른 비선에게 소식을 전하기 위해서다.

한백광은 이어 생존한 멸천대의 무인들을 아우르며 말했다.

"죽은 자들은 양지바른 곳에 묻어라. 부상자들은 한 명도 남김없이 들것에 실어라. 모두 함께 무당산으로 향한다!"

"와아!"

엄청난 함성이 터져 나왔다.

특히 부상자들은 눈물까지 흘렸다.

그들은 오로지 십병귀와 함께 금사도로 가겠다는 일념으로 모였다. 하지만 부상을 입고 사람들에게 짐이 되게 생겼으니 그 희망은 물거품이 될 수밖에 없었다.

모두 함께 무당산으로 간다는 말에 그들은 가슴이 벅차올랐다.

한백광은 조용히 곁을 돌아보았다.

저만치 들것 위에 누워 있던 허관길이 환하게 웃어 보였다.

지금은 사람들에게 희망을 보여주는 것이 먼저다.

第六章 천음을 잡다

산길을 열흘 밤낮 동안 달렸다.

내가 새대가리로 보이느냐며 사라졌던 당엽은 그때 이후로 코빼기도 보이지 않았다. 처음엔 머지않은 곳에서 척후를 살피며 은밀히 따르겠거니 했다.

엽무백의 말을 빌리자면 당엽이 몸을 숨기기로 작정했다면 귀신도 찾을 수 없다고 한다. 정면 승부라면 모르되 살수의 방식이라면 그 자신도 십 할 이긴다는 보장이 없다고.

처음엔 누구도 그 말을 믿지 않았다.

하지만 당엽이 한때 초공산을 노리고 신도로 잠입했고, 바

로 당엽을 찾기 위해 엽무백이 장장 열흘이나 거지로 변장을
한 채 골목에 엎드려 있었다는 얘기를 듣고는 믿지 않을 수가
없었다.

엽무백처럼 자존심이 강한 사람이 열흘이나 거지로 살았
다는 말을 지어낼 리는 없으니까.

중원 최강의 살수가 척후를 살펴주고 있다.

이 얼마나 든든한가.

하지만 닷새가 지나고 엿새가 지나고, 열흘째 되던 날 아
침, 사람들은 당엽이 처음부터 척후를 살피며 따르지 않았다
는 사실을 알 수 있었다.

그랬다면 적들이 그토록 가까운 곳까지 접근했다는 사실
을 엉뚱한 사람을 통해 알게 되지는 않았을 테니까.

사람들은 산정에서 떠오르는 해를 맞았다.

너울처럼 굽이진 작은 산릉들 너머로 거대한 산이 버티고
있는 게 보였다. 그 산이 뿜어내는 정기에 사람들은 압도당해
버렸다.

"근동에 저렇게 높은 산이 있었나?"

법공이 혼잣말처럼 중얼거렸다.

"이곳이 어딘지는 아세요?"

진자강이 물었다.

"대별산에서 북쪽으로 열흘 정도 달렸으니 호광 북쪽이나 하남의 남쪽을 지나는 중이겠지. 내가 그것도 모를까 봐?"

"그 정도는 저도 알겠네요."

"그 정도만 알면 됐지. 더 알아서 뭐하게."

"그건 그렇죠."

지난 열흘 동안 엽무백은 오로지 한 방향으로 직진만 했다. 산이 나오면 산을 넘었고, 강이 나오면 강을 건넜다. 이따금 작은 마을과 들판을 만나기도 했지만, 그때도 되돌아가는 법이 없었다. 금사도로 향하는 최단거리를 잡아가는 것이다.

때문에 사람들에게 노출되는 경우가 많았다.

그때도 엽무백은 신경 쓰지 않았다.

머리 위에서 천응이 온종일 맴돌고 있으니 숨어다닐 필요가 없다면서.

일행은 군소리 한 번 못하고 따를 수밖에 없었다.

다행히 모두가 절정의 무공을 지닌 덕에 그 어떤 장애물도 큰 난관이 되지는 않았다.

하지만 이번엔 좀 달랐다.

고산준봉이 으레 그렇듯 저 멀리 보이는 산은 홀로 우뚝 솟지 않고 웅장한 산릉을 거느리며 좌우로 길게 뻗어 있었다.

분명 비범한 산맥이리라.

"그나저나 저 봉우리는 유난히 높이 솟았네."

법공이 안개에 싸인 산봉을 턱으로 힐끔 가리키며 말했다.

수많은 산봉 중 유난히 높이 솟은 산봉은 하늘에서 쏟아지는 서광과 어울려 사뭇 신령한 분위기를 자아내고 있었다.

엽무백이 아까부터 계속 응시하고 있던 바로 그 산봉이다.

"천주봉(天柱峰)이야."

엽무백이 말했다.

"천주봉… 천주봉… 어디서 많이 들어본 이름인데……."

"그러게요. 저도 많이 들어본 것 같은데……."

법공과 진자강이 한마디씩 흘리다가 갑자기 두 눈을 부릅뜨고 합창했다.

"무당산!"

"무당산!"

한때 소림과 함께 태산북두로 불리며 수많은 전설의 고수들을 배출한 천하제일의 도관(道觀), 협의 상징이자 정도무림의 표본이었던 무당파의 본산이 바로 천주봉에 있었다.

하지만 모두가 지난날의 이야기다.

마교가 중원을 침공하고 구대문파를 궤멸시킨 후 그 유적을 찾는 것은 목숨을 걸어야 하는 일이 되고 말았다.

함부로 얼쩡거렸다간 구대문파의 생존자로 몰려 급살을 맞을지 모르기 때문이다.

"무슨 꿍꿍이야?"

법공이 엽무백을 돌아보며 물었다.

"뭐가?"

"코앞에 무당산이 있어. 설마 이걸 우연이라고 말하진 않겠지?"

"날씨가 맑아서 그런지 거리 감각이 전혀 없군. 저렇게 가까운 것 같아도 한나절은 꼬박 쉬지 않고 달려야 해."

"내 말은 그게 아니잖아."

"난 대답을 해주었는데 못 알아들었나 보군."

"그럼 정말 무당산으로 가겠다는 말이야?"

"이미 대답을 했다니까."

"잠깐만 있어봐."

법공은 품속을 뒤져 꼬깃꼬깃한 지도 한 장을 꺼내더니 바닥에 척 펼쳐 놓고 한참을 살폈다.

무당산을 기준으로 자신들의 위치를 정확히 확인하려는 것이다. 마침내 위치를 확인한 법공이 다시 지도를 접어 품속에 챙긴 후 말했다.

"지금 우리가 있는 곳은 운산봉(雲山峰)이란 곳이야. 여기서 십 리 정도 서쪽으로 향하면 호야곡(虎夜曲)이라는 곳이 있어. 하루 이틀 돌아가기는 하겠지만 무당산을 통하지 않고 진령(秦嶺)을 넘을 수 있는 가장 빠른 길이지."

"그래서?"

"열흘이 넘도록 직선으로만 달렸고, 앞에는 무당산이 있어. 나 같이 단순무식한 사람도 네가 정도무림의 기개가 서린 무당파를 그냥 지나치지 않을 거라는 생각쯤은 할 수 있어. 이게 무슨 뜻인지 설마 모른다는 거야?"

"무식하다는 건 인정하는 거야?"

"말꼬리 잡지 말고!"

"무식한 줄 알면 그냥 따라."

법공은 약이 바짝 올라 입술을 부르르 떨었다.

명령을 따르겠다는 약속만 하지 않았다면 당장에라도 곤을 뽑아 죽기 살기로 싸우고 싶었다.

엽무백은 태연한 신색으로 물었다.

"매복이 있을까 걱정하는 건가?"

"이렇게 좋은 기회를 놓칠 리가 없잖아."

"그럴 수도 있겠군."

"그럴 수도 있긴 개뿔……!"

짝!

말을 하다 말고 법공이 갑자기 손뼉을 쳤다.

"좋은 생각이 났어. 이걸 역이용하는 거야. 열흘이 넘도록 줄곧 직선으로만 달렸으니 놈들은 관성적으로 우리가 무당파에 들를 줄 알겠지. 이때 천망을 따돌리고 우회를 한다면 그 지긋지긋한 유령들을 따돌릴 수 있는 절호의 기회야. 가만,

설마 처음부터 이럴 생각으로……?'

지난 열흘 동안 천웅은 언제나 일행의 머리 위에서 맴돌았다. 한 번도 본 적은 없지만 숲 속에서도 적지 않은 인원이 일정한 거리를 두고 따라다닌다는 걸 알고 있었다.

어떤 날 아침엔 맞은편 산릉에서 지켜보고 있기도 했고, 어떤 날엔 앞서 가고 있는 놈들의 미세한 발자국을 발견하기도 했다. 일전에 엽무백이 장강에서 말한 천망의 유령들이었다.

그들에게 무당산으로 갈 것처럼 한 후, 법공이 말한 대로 우회를 한다면 이참에 그 찰거머리 같은 놈들을 따돌릴 수 있다.

법공은 처음부터 그럴 거였으면서 괜히 나를 약 올린 게 아니냐는 뜻이었다.

여기까지 생각이 미치고 나니 정말로 그런 것 같아 법공은 피식피식 웃었다. 자신을 속인 건 약 오르지만 엽무백의 작전은 마음에 들었다. 자신이 그 작전을 간파한 것은 더욱 마음에 들었고.

한데 엽무백의 입에서 나온 말은 법공의 기대를 처참하게 짓밟아 버렸다.

"그런 건 이제 신경 쓰지 않아."

"뭐?"

"들었잖아."

"하면 왜 조원원에게 천웅을 잡으라고 한 거지?"

그때였다.

저만치 우거진 숲을 뚫고 한 사람이 걸어나왔다.

온종일 보이지 않던 조원원이었다.

얼굴에 온통 생채기가 난 조원원의 손엔 커다란 날짐승이
들려 있었다. 두 다리를 잡힌 채 날개를 사납게 퍼뜩 거리는
그것은 날카로운 발톱과 은은한 황금빛 깃털을 가진 맹금이
었다.

"천웅?"

법공이 두 눈을 번쩍 떴다.

조원원이 잡은 날짐승은 세상에서 가장 높이 난다는 창공
의 제왕, 맹금 중의 맹금 바로 천웅이었다. 온종일 코빼기도
보이지 않더라니 기어이 천웅을 잡아온 것이다.

조원원이 엽무백에게 다가와 천웅을 발치에 툭 던졌다. 노
끈으로 발목과 날개를 묶인 천웅은 한참을 파닥거리다가 사
나운 눈으로 엽무백을 노려보았다.

"이 정도면 저도 밥값을 했나요?"

조원원이 엽무백을 향해 툭 쏘아붙였다.

말 속에 뼈가 있었다.

"다친 데는 없고?"

"이제 와서 걱정해 주는 척하는 건가요? 이미 늦었네요."

"없는 것 같군. 수고했어."

엽무백은 가볍게 웃었다.

한바탕 입씨름할 생각을 단단히 하고 있었는데 엽무백이 자신의 안위를 물어와 주었다. 조원원은 냉랭한 표정과는 달리 그동안 섭섭했던 마음이 한꺼번에 눈 녹듯 사라지는 것 같았다.

'치이, 그런다고 내가 고마워할 줄 알고.'

"잘됐다. 마침 출출했는데 껍질을 홀라당 벗겨서 구워 먹자고."

법공이 땅에 떨어진 천웅을 냉큼 주워 들더니 산 채로 깃털을 신나게 뽑아대기 시작했다. 놀란 천웅이 날개를 더욱 사납게 퍼덕거렸다.

"그냥 죽이지 그래요."

진자강이 말했다.

"모르는 소리. 죽으면 고기가 식어 깃털이 잘 안 뽑혀. 잔털이 특히 애를 먹이지. 뜨거운 물이 있다면야 문제없지만, 노정 중에 날짐승을 잡을 때는 이 방법이 최고지. 너도 알아 둬."

"아무리 그래도 아직 죽지도 않았는데 벌써 고기 취급하는 건 좀……."

"뭐 어때서. 고기를 고기라고 하는데."

티격태격하는 법공과 진자강을 보면서 조원원은 의기양양해졌다. 지긋지긋하게 따라붙던 감시의 눈길도 없애고, 일용할 식량도 얻고, 엽무백에게 인정도 받고. 이런 걸 두고 일석삼조라고 한다던가?

이럴 때는 누군가 무용담을 물어와 주면 딱 좋으련만.

"누나, 용케도 잡았네요?"

진자강이 조원원을 보며 말했다.

조원원이 시치미를 뚝 떼고 마음속으로 준비했던 무용담을 털기 시작했다.

"휴우, 말도 마. 십리경으로 반나절을 지켜보았는데 한 번도 안 내려오는 거 있지? 딱 한 번 들쥐를 잡아먹으려고 땅에 내려앉았는데 때마침 시야가 트인 곳이지 뭐야. 이때다 싶은 나는 진기를 잔뜩 끌어 올렸어. 그리고 강노지전(强弩之電)의 수법을 발휘, 놈을 잡고야 말았지. 아, 강노지전은 강한 활에서 쏘아져 나온 번개라는 뜻이야. 활을 쏘았는데 왜 번개가 나왔을까? 그건 그만큼 빠르다는 뜻이야."

조원원은 하늘의 별이라도 따온 사람 같은 표정으로 이마에 흐르는 땀을 훔쳤다.

"뭔가 좀 이상한데요."

"뭐가?"

"그렇잖아요. 제가 듣기로 천응에게는 고독(蠱毒)을 통해 영적으로 교감하는 술사가 있다고 하던데. 반나절이나 하늘을 날던 천응이 내려앉을 때는 술사와 천응의 머릿속에 심어둔 암수 고충이 서로 끌어당기기 때문이라고."

"그런데?"

"천응이 내려앉는다면 술사가 있는 곳이 아니었을까요? 천응을 부릴 정도의 술사라면 엄청난 고수일 텐데, 혹시 마주치지 않았어요?"

"……!"

조원원의 얼굴이 딱딱하게 굳었다.

진자강의 말을 듣고 보니 과연 그렇지 않은가.

아이조차도 간파하고 있는 이 간단한 이치를 자신은 까맣게 잊고 있었다.

왜 그랬을까?

천응을 잡아서 엽무백에게 본때를 보여주겠다는 집착 때문이다. 집착이 이성을 마비시키고 판단력을 흐리게 했다.

다친 데는 없었느냐는 엽무백의 질문도 이제야 이해가 되었다. 그는 술사를 만나지 않았냐고 물은 것이다.

하면 왜 처음부터 술사의 존재를 주지시키지 않았을까? 그 정도는 당연히 알고 있을 줄 알았던 모양이다.

조원원은 의기양양했던 자신이 부끄러워졌다.

그때 조원원을 더욱 부끄럽게 하는 일이 벌어졌다.

숲 속에서 또 한 사람이 나타났다.

당소정이었다.

조원원은 몰랐지만 그녀는 엽무백으로부터 모종의 명령을 받고 반 시진 전부터 모습을 보이지 않다가 이제야 돌아왔다.

한데 그녀는 정체 모를 괴인을 앞세우고 있었다.

쥐상에 녹의장포를 뒤집어쓰고 염소수염을 길게 기른 사내는 양손이 비정상적으로 뒤틀린 채 뻣뻣하게 굳어 있었다. 입에서는 연신 게거품이 뿜어져 나왔고, 얼굴은 시커멓게 죽어갔다.

중독당한 것이다.

당소정이 괴인을 엽무백의 앞으로 끌고 와 무릎 뒤쪽을 차서 꿇어 엎드리게 했다.

"이자가 맞나요?"

"그런 것 같군."

"다행이군요."

말과 함께 당소정이 옆으로 물러났다.

사람들은 깜짝 놀랐다.

대화로 미루어 엽무백이 당소정으로 하여금 저 괴인을 잡아오도록 지시한 모양이다. 저 괴인이 누군지 짐작하는 것은 어렵지 않았다. 조원원이 천웅을 잡고, 때를 맞춰 당소정이 괴인을 잡아왔으니 분명 천웅과 관련이 있는 자다.

"술사……!"

진자강의 입에서 나직한 신음이 흘러나왔다.

천응을 노리는 조원원을 기습하려는 순간 당소정이 암기를 던져 술사를 제압해 버린 모양이었다.

사람들은 깜짝 놀랐다.

엽무백이 진짜로 노린 게 바로 이것이다.

조원원의 표정이 착 가라앉았다.

그녀가 엽무백을 향해 물었다.

"어떻게 된 거죠?"

"그가 나를 보냈어요, 당신이 위험할지 모른다고."

"당신에게 묻지 않았어요."

당소정을 톡 쏘아붙인 후 조원원은 다시 엽무백을 보았다. 눈동자에서는 한광이 무섭게 쏟아지고 있었다.

"이자를 잡아야 했어."

"그래서 저를 미끼로 쓴 건가요?"

"천응도 잡아야 했고."

"제게 미리 말해줄 수도 있었잖아요."

"그랬다면 당신의 행동이 부자연스러웠을 테고, 적들을 속일 수 없었겠지. 아는지 모르겠는데 그들은 발자국 하나만으로도 상대의 감정 상태는 물론 생각까지 추론할 수 있지."

엽무백의 빈틈없는 논리에 조원원은 한순간 꿀 먹은 벙어리가 되어버렸다. 입안에서 맴도는 말이 있긴 한데, 그것들은 죄다 '빌어먹을 인간', '그래, 너 잘 났다' 따위의 욕지거리들이었다. 하지만 지금 이 순간만큼은 조원원도 여자이고 싶었다.

"당신은 비상한 머리를 가졌는지는 몰라도 가슴은 분명 멍텅구리 바보일 거예요."

조원원이 눈물까지 글썽이는 바람에 좌중이 갑자기 싸늘해졌다. 엽무백, 법공, 진자강은 뭐가 어떻게 된 건지, 조원원이 왜 저렇게 정색을 하는 건지 도통 알 수가 없었다.

하지만 한 사람은 달랐다.

"동감이에요."

당소정이 말했다.

"방금 내가 한 말, 그쪽에게 화나서 그런 거 아니에요."

조원원이 당소정을 돌아보며 말했다.

"저도 그쪽에게 모욕을 주려고 한 일이 아니에요. 그 정도로 비겁한 사람은 아니거든요. 다만 아시다시피 난……."

당소정이 엽무백을 한차례 흘겨본 후 말을 이었다.

"그의 명령을 따르겠다고 맹세를 한 터라."

"알아요."

조원원의 얼굴에 비로소 미소가 번졌다.

그녀가 손가락으로 볼 위로 흘러내린 눈물을 밀어내며 말을 이었다.

"언니라고 불러도 돼요?"

"오늘까지 기다려도 그 말을 해주지 않으면 따끔하게 혼내려고 했지. 반가워, 동생."

"고마워요, 언니."

좌중에 다시 한 번 서리가 내렸다.

엽무백, 법공, 진자강은 두 여자를 번갈아 보며 한참이나 눈동자를 굴렸지만 도무지 무슨 말을 하는 건지, 느닷없이 왜 언니 동생을 하자는 건지 알 수가 없었다.

여자들의 언어란 원래 저렇게 어려운 걸까?

어쨌거나 상황이 정리되자 사람들의 시선은 자연스럽게 술사를 향했다.

뾰족한 하관과 창백한 얼굴, 쉴 새 없이 굴러다니는 눈동자. 한눈에 보기에도 사이한 기운이 흘러넘치는 술사는 두 눈을 치켜뜨고 물었다.

"어쩔 셈이오?"

"질문은 내가 한다."

엽무백이 말했다.

무심한 눈동자와 착 가라앉은 음성을 느끼는 순간 술사는 저도 모르게 흠칫 굳었다.

"이름."

"권운이오."

"천망 삼각의 각주(閣主) 귀화자(鬼話者) 권운이 당신이군."

당소정과 조원원이 동시에 두 눈을 치켜떴다.

비선과 선이 닿았던 두 사람은 천망의 각주는 몰라도 귀화자라는 별호에 대해서는 귀가 따갑도록 들었다.

별호 그대로 귀신의 말을 한다고 하는데, 그 사이한 술법에 걸려들어 목숨을 잃은 정도무림의 고수가 한둘이 아니다.

단순히 고도의 추종술만 지닌 자가 아닌 것이다.

"원하는 게 뭐요?"

짝!

권운의 볼에 불이 번쩍했다.

엽무백이 따귀를 올려붙인 것이다.

단순한 따귀가 아니다. 내력이 실린 일장에 권운은 목뼈가 부러지는 듯한 충격을 느꼈다. 이는 우수수 빠졌고, 만신창이가 된 입안에서 검붉은 피가 쉴 새 없이 흘러내렸다.

'한 방만 더 맞으면 목숨을 잃는다.'

권운의 머릿속에 본능적으로 든 생각이었다.

엽무백의 차가운 음성이 이어졌다.

"질문은 나만 한다고 했다."

"……!"

권운은 아무 소리도 못 하고 입술만 떨었다.

"바깥 사정을 알고 싶다."

권운은 대답하지 않았다.

천망의 힘을 모두 동원해 놈과 비선의 접촉을 막았다. 이는 놈을 고립시켜 정도 무림인들의 힘이 하나로 결집하는 것을 막기 위해서다. 그런데 이제 와서 바깥 사정을 이렇듯 쉽게 알려줄 수는 없었다.

그사이 법공은 룰루랄라 콧노래까지 부르며 천웅의 큰 깃털은 대부분 뽑은 상태였다. 이제는 엄지와 검지를 오종종하게 쥐고 가슴에 난 잔털을 좍좍 뜯어내고 있었다.

저 털을 모두 뜯고 나면 바로 천웅의 모가지를 비틀 것이다.

"서두르는 게 좋을 거야. 저 친구 지금 이틀째 굶었거든."

엽무백이 말했다.

사람들은 모두 엽무백의 말 속에 담긴 뜻을 알고 있었다. 앞서의 대화에서도 알 수 있듯이 천웅과 술사 권운은 각각의 머리에 암수 고충을 심어 영적으로 교감해 왔다.

천웅을 죽이면 천웅의 머릿속에 있는 숫고가 죽게 되고, 숫고가 죽으면 권운의 머릿속에 있는 암고 역시 강력한 독성 물질을 발산하며 죽게 된다.

권운의 목숨도 끝나는 것이다.

잠시 이쪽으로 눈길을 준 법공이 맹렬한 속도로 털을 뽑기 시작했다. 권운이 말을 하기 전에 털을 뽑고 천웅을 구워 먹는 것이 그의 목표였다. 하지만 권운은 이것을 협박으로 받아들였다.

"알고 싶은 게 무엇인지 알아야 정확히 말을 해줄 수 있소."

"내가 알아야 하는 건 모두. 얘기를 듣고 저 친구를 말릴지 말지 결정하지."

농담이 아니다.

권운은 지금부터 자신이 내놓은 정보의 경중에 따라 목숨이 왔다 갔다 한다는 걸 알 수 있었다.

그렇다고 모두 말해줄 수는 없다.

놈이 원하는 걸 주면서 결정적인 건 감추어야 한다.

어지간한 고수라면 칠 할의 진실에 삼 할의 거짓말을 섞겠지만, 상대가 상대이니만큼 구 할의 진실에 단 일 할만의 거짓을 심어야 하리라.

"중원 곳곳에서 당신을 사칭하는 자들이 생겨나고 있소."

"나를 사칭해? 왜?"

"십병귀라는 이름을 빌려 매혼자들에게 공포를 주기 위해서, 죽은 듯 엎드려 있던 정도무림의 생존자들을 세상 밖으로 끌어내기 위해서, 당신을 추격하는 신교의 고수들에게 혼선을 주기 위해서."

"남궁옥의 짓이군."

"그렇게 파악하고 있소."

사람들은 피식 웃었다.

효과가 있는지 없는지는 모르겠지만 남궁옥이 멀리서 자신들을 돕고 있다는 사실이 왠지 든든했다. 사실 남궁옥은 이런 정보를 엽무백에게 전해주고 싶었을 것이다.

하지만 천망이 졸졸 따라다니니 함부로 접선을 할 수가 없다. 그건 비밀엄수와 잠행을 제일의 법칙으로 삼는 비선에게 자칫 전체를 들킬 수도 있는 위험한 일이었다.

그래서 엽무백과 일행은 상대적으로 고립되었고, 강호에서 일어나는 일들에 대한 정보가 없었다.

여기까지 생각이 미치자 사람들은 엽무백이 권운을 잡아오도록 한 이유가 그것 때문이 아니었을까 의심이 들었다.

적의 정보망을 이용해 원하는 정보를 캔다?

이 얼마나 기발하고 천재적인 생각인가.

'설마, 아니겠지.'

'엽 아저씨는 천재야!'

'아, 무서운 놈.'

조원원, 진자강, 법공의 머릿속에 떠오른 생각들이었다.

"계속하도록."

엽무백이 말했다.

"우선 저 친구를 좀……."

권운이 법공을 턱으로 가리키며 말했다.

법공은 한편으로는 천웅의 털을 뽑으면서 또 한편으로는 엽무백과 권운의 대화에 귀를 기울였다. 배도 고팠지만 뭔 소리들을 하는 건지도 궁금했기 때문이다.

덕분에 천웅의 털은 대부분 뽑혀 버린 상태였다.

상황이 어쩌다 이 모양이 되었는지 모르지만 법공은 새털을 뽑는 것으로 천망의 각주인 권운을 고문하고 있었다.

"당신이 말을 빨리하는 방법도 있지."

"신교에 저항하는 무리가 계속해서 생겨나고 있소. 그들은 빠른 말과 경병(輕兵)을 이용, 물자를 운송하는 신교의 호송단을 빠르게 치고 빠지는 작전을 펼치고 있소. 처음엔 대여섯 명씩 떼를 지어 다니는 작은 무리에 불과했는데, 무리와 무리가 하나로 뭉치기 시작하면서 얼마 전엔 이백여 명에 육박하는 무리까지 나타났소."

"두고 보지만은 않았겠지?"

"물론이오. 곳곳에서 토벌 작전이 벌어지고 있소."

"성과는?"

"적지 않은 역도들을 죽였지만, 그보다 많은 숫자가 새롭게 생겨나고 있소. 그들이 동료들을 죽인 신교의 추격대를 기습해 복수를 하면, 신교의 또 다른 추격대가 그들을 찾아내

또 복수를 하는 싸움이 계속되고 있소. 결국엔 누가 얼마나 버티느냐의 문제이지."

"돈의 문제군."

"그렇소. 해서 상대적으로 숫자가 많은 역도는 무림방파들을 습격해 각종 병장기와 마필을 탈취하는 일에 집중하고 있소. 그중 하나가 열흘 전에 의창에서 비마장의 말 호송선을 습격하려다 흑귀대와 격돌했소."

"결과는?"

"흑귀대는 궤멸하고 비마장의 고수들은 일부가 살아서 돌아갔소. 그들은 오십여 명이 죽고 백여 명의 부상자를 냈고."

"그들이 누구지?"

"강호인들은 멸천대(滅天隊)라 부른다고 하더이다."

"마도의 하늘을 멸한다. 좋은 이름이군. 수장이 누구지?"

"무당칠검의 일인이라고 합디다."

한백광이다.

엽무백이 지시한 대로 무당칠검 한백광이 산개한 무리를 형태를 갖춘 하나의 타격대로 통합한 것이다.

중원 대륙이 얼마나 넓은데 한백광 혼자서 이 모든 일을 할 수 있나. 분명 남궁옥이 이끄는 비선이 결정적인 역할을 하고 있다. 더불어 비선 역시 빠르게 이어지고 있음을 알 수 있었다.

이제 확실하게 돌아올 수 없는 강을 건넜다.

엽무백의 활약이 커지면 커질수록 제이, 제삼의 멸천대가 탄생할 것이다.

남궁옥과 한백광은 마도의 하늘 아래에서 십여 년을 살았다. 영악한 그들은 일정 규모 이상의 무리를 만들지 않을 것이다.

커다란 하나의 무리보다는 산개한 다수의 작은 타격대가 적들을 더욱 괴롭힐 거라는 걸 알기에.

반대급부로 엽무백의 행보가 여기서 좌절된다면 그들 역시 한 줌 먼지처럼 흩어지리라. 마교가 저항하는 무리를 치지 않고 모든 힘을 엽무백에게 집중하는 것도 바로 그것 때문이다.

조원원, 진자강, 당소정, 법공은 벅차오르는 감동을 주체하지 못했다. 이 정도면 불씨가 확실히 댕겨졌다고 할 수 있다.

중원 곳곳에 숨어 있던 정도 무림인들이 봇물처럼 터져 나와 힘을 모으고 있다.

정마대전이 다시 시작된 것이다.

하지만 엽무백은 이면의 문제를 생각하고 있었다.

병력이 점점 많아지면 필연적으로 동반하는 문제가 바로 군수품이다. 지금 시대의 병장기란 큰 전투 한두 번 치르고 나면 날이 무뎌져 더 이상 쓸 수가 없다.

빠른 기동력을 근간으로 하는 기습전의 경우에도 말의 손실은 이루 말할 수 없다. 병장기와 조련된 말을 끊임없이 공급해야 하고, 그 말과 사람을 먹일 식량과 입힐 옷과 치료할 약과 의원들까지. 전쟁이란 한마디로 돈을 잡아먹는 괴물이다.

지금 곳곳에서 발호하는 정도 무림인들에겐 그게 가장 큰 취약점이다. 한백광이 마교에 투신한 무림방파들을 기습해 말과 병기를 탈취하는 것도 그 때문이다.

'당엽을 만났는지 모르겠군.'

엽무백의 눈동자가 잠기는 걸 본 권운은 비로소 안심했다. 이 정도면 자신의 목숨을 충분히 구할 수 있을 거라고 보았기 때문이다. 적들을 위험에 빠뜨리게 할 결정적인 정보는 감추고 가장 듣고 싶어 하는 정보를 흘림으로써 마음을 움직였다고 생각했다.

하지만 그의 예상은 보기 좋게 빗나갔다.

"팔 한 짝의 값어치는 했군. 이제 네 목숨 값을 받아볼까?"

"무슨……!"

권운이 샛노래진 얼굴로 엽무백을 바라보았다.

그사이 천응은 알몸이 되어가는데 아직도 할 얘기가 남았다고? 한번 이야기를 시작했으니 되돌릴 수도 없다. 이제 와서 장렬하게 죽음을 택한다면 모양새만 우습게 된다.

"대별산에서 벌어진 일은 제대로 보고했겠지?"

"그게 내 일이니까."

"어떻게 답신이 왔나?"

"천망은 목표물을 추적할 뿐, 그 외의 일은 일절 관여치 않소. 돌아온 명령 역시 목숨을 걸고 추적하라는 것이었고."

말을 하는 권운의 동공이 쉴 새 없이 흔들리고 있었다. 흡사 공포에 질린 듯 안절부절못하던 동공은 점차 그 색을 넓혀갔다.

그러다가 어느 순간, 두 눈에서 흰자위가 사라져 버렸다. 먹물처럼 새까매진 눈동자를 바라보는 순간 사람들은 뼛속을 관통하는 한기를 느꼈다.

그건 평범한 사람들이 귀신을 보았을 때나 느끼는 공포와 충격이었다. 사람들은 혼백이 빠져나가 버린 것처럼 그 자리에서 굳어버렸다. 분명, 제 몸이거늘 손가락 하나 움직일 수 없는 상황이 되어버렸다.

진자강과 조원원은 산 채로 강시가 되었고, 불문정종의 내공심법을 익힌 법공과 온갖 사술에 해박한 당소정은 석상이 되어버렸다. 무언가 말을 하려는데 소리가 새어 나오지 않았다. 얼굴만 잔뜩 일그러질 뿐이었다.

오직 한 사람, 엽무백만이 침잠한 눈으로 권운을 응시했다. 그는 어떤 동요도 없이 심유한 눈빛을 발산하며 물었다.

"내가 누군지 알고 있나?"

"십병귀……."

"천망의 정보력은 뇌총에 육박하지. 각주쯤 되는 위인이라면 외부의 도움 없이도 내 정체를 간파하고 있을 줄 알았는데 이상하군. 아니면 알면서도 모르는 척하는 건가?"

그 순간, 권운은 흡사 두 자루 칼끝이 두 눈을 파고들어 와 심장을 관통하는 듯한 충격을 느꼈다.

퍽!

돌덩이 같은 주먹이 권운의 관자놀이를 강타했다. 뼈가 으스러지는 고통과 함께 권운의 턱이 팩 돌아가 버렸다.

"한 번만 더 지옥마안(地獄魔眼)을 펼치면 눈알을 뽑아주겠다."

엽무백이 서늘하게 경고했다.

그와 동시에 먹물처럼 까맣던 그의 눈동자가 사람의 것으로 돌아왔다. 조원원, 진자강, 법공, 당소정도 그제야 압제에서 풀려날 수 있었다.

'교주의 제자였다는 게 사실이었어!'

권운은 미세하게 고개를 끄덕였다.

"다시 묻지. 누군가 이리로 오고 있다는 걸 안다. 천망으로부터 내 위치와 동선을 보고받으며 다가오는 자가 누구지?"

"함부로 이름을 언급할 수 없는 거물이라 들었소."

"팔마궁의 인물인가?"

"그런 것으로 짐작하고 있소."

"짐작하고 있다?"

"믿지 않겠지만 천망의 각주인 내게도 팔마궁 중 정확히 어느 곳에서 나섰는지 알려주지 않았소."

"천망이 언제부터 떨어지는 감만 기다렸나?"

"이번엔 경우가 다르오. 함부로 접근했다간 천망 전체가 날아갈 수도 있소."

"무슨 뜻이지?"

"명령서에 암인(暗印)이 찍혀 있었소."

"등급은?"

"천지령(天指令)이었소."

"……!"

"신교의 행사를 오랫동안 지켜보았으니 천지령이 어떤 것인지 굳이 설명할 필요는 없을 것이라고 보오."

신교의 명령은 중요도에 따라 크게 신(神), 천(天), 지(地), 인(人)의 네 등급으로 나뉜다.

그중 신 급은 특급을 요하는 작전으로 교주가 직접 내린다. 교주의 명령이니 그 권위나 중요성은 비교할 대상이 없다.

천 급은 교주의 적전제자들이나 팔마궁의 궁주들이 내릴 수 있는 최고의 등급으로 시대에 따라, 정치적 역학구도에 따라 신 급을 능가하는 중요도를 가질 수도 있다.

가령 교주의 권위가 약해지고 제자와 팔마궁의 궁주들이 실권을 장악할 경우가 그렇다. 눈치가 빠른 자들은 부상하는 힘에 줄을 대려 하게 마련이니까.

지금의 상황이 바로 그랬다.

초공산이 죽고 난 후 천제악이 교주가 되었지만 그가 신교를 완벽하게 장악했다고 볼 수는 없었다. 때문에 많은 조직이 교주와 팔마궁의 눈치를 동시에 보았다.

천망 역시 마찬가지였다.

천망이 천제악의 사람이라는 것은 만천하가 아는 사실이지만 한편으로는 팔마궁의 눈치를 보지 않을 수 없었다.

그리고 신 급과 천 급의 명령에 암(暗) 자가 덧붙을 경우가 있다. 기밀이 새어나갈 경우 관련자들을 모두 숙청하겠다는 뜻이다.

천지령은 팔마궁의 궁주들 중 한 명이 내렸다.

그 순간 작전을 주도하는 곳에서 나오는 말에는 아무리 하찮은 것이라도 궁주의 권위가 실린다. 어쨌거나 공식적으로는 팔마궁 역시 신교의 한 축. 교주부(教主府)를 제외한 신교의 모든 조직은 그 명령이 설령 섶을 지고 불속에 뛰어들라고 하는 것일지라도 의심 없이 따라야 한다.

명령을 내리는 곳이 자신들의 신분을 감추기로 했다면 그것을 캐내려고 해도 안 된다. 궁주의 권위가 실린 명령인 탓이다.

덕분에 천지령이 특수한 재주를 지닌 하급 무사에게 떨어졌다면 팔마궁은 물론 사루(四樓), 칠당(七堂), 육대(六隊), 오원(五園)까지 작전을 수행하는 동안엔 마음대로 움직일 수 있다.

천지령의 이름은 그만큼 무섭다.

모두 초공산이 만들어놓은 율령이다.

조원원, 당소정, 법공, 진자강은 웅성거렸다.

천지령이 무엇인지는 모른다.

하지만 팔마궁 중 한 곳이 나섰을 거라고 한다. 팔마궁의 궁주들은 초공산에 필적한다는 평을 듣는 초유의 고수들이다.

명계의 괴물 북천삼시조차도 팔마궁의 궁주들에 비하면 횃불 앞의 반딧불이에 지나지 않는다. 초공산이 죽고 난 후 사실상 당금무림에서 가장 강하다는 평가를 받는 여덟 명의 무적자 중 한 명이 자신들을 상대로 싸움을 시작했단다.

제아무리 목숨을 내놓고 가는 길이라고는 하지만 간이 쪼그라들지 않을 수가 없었다. 한데도 엽무백은 태연한 신색으로 말했다.

"법공, 천웅을 풀어줘."

"꼭 그래야 할까?"

법공이 천웅을 거꾸로 잡고 까딱까딱 흔들어 보였다. 황금빛 날개깃은 흔적조차 남지 않았고, 가슴 여기저기의 잔털도 거의 남아 있지 않았다. 그저 여기저기 실 부스러기 몇 개가 붙은 정도?

이제 목만 비틀면 된다.

"네가 한발 늦었어."

"아쉽다. 얼추 다 벗겼는데."

법공이 입맛을 다시며 천웅의 발목에 묶인 노끈을 잘라주었다. 구사일생으로 살아난 천웅이 홀딱 벗은 몸을 하고 숲을 향해 쏜살같이 달려가기 시작했다. 날개를 죄다 뽑힌 탓에 날지도 못하고 달려가는 모습이 그렇게 우스꽝스러울 수 없었다.

당연하게도 맹금의 위엄 따윈 찾아볼 수 없었다.

엽무백이 권운을 돌아보며 말했다.

"열흘 전부터 한 명이 보이지 않는다는 걸 알겠지? 그의 이름은 당엽이라고 한다. 한때 백골총에 적을 두었고 십봉룡의 전쟁에도 수차례 고용되었지. 한 번쯤 들어본 적 있을 텐데?"

"소악마(小惡魔)……!"

들어본 정도가 아니다.

당시 십봉룡 간의 전쟁이 한창일 무렵 수많은 암중의 고수들이 활약했다. 그중 하나가 지금은 어디에서 죽어 들개 밥이 되어가고 있을지 모르는 산동오살이었다.

산동오살이 비교적 외부로 노출된 인물들이라면 소악마는 그 누구도 실체를 본 적 없는 미지의 고수였다.

천망이 소악마의 존재를 알게 된 사정은 이러했다. 당시 초공산은 위병 중에도 불구하고 어쩐 일인지 숨통이 끊어지지 않았다.

지난날 복용한 숱한 영약과 인간 한계를 뛰어넘은 내공 때문이다. 점점 시간이 흐르자 회복의 조짐마저 보였다.

팔마궁의 조종을 받는 일곱 제자는 일단 한 발을 빼는 모습이었다. 애초부터 사부의 죽음을 바라지 않았던 삼공자 장벽산은 휘하의 모든 병력을 동원해 삼엄한 감시망을 펼쳤다. 한편으로는 독살을 할 수 없도록 음식과 약재의 관리를 자신의 통제하에 두었다.

그 무렵, 칠공자는 혁명의 준비를 마친 상태였고 시간을 끄는 것은 자신에게 결코 유리하지 않다고 판단했다.

이에 뇌총의 총주인 만박의 충고를 받아들여 초공산을 제거하기로 결심, 최고의 살수를 물색하기에 이른다.

때마침 중원 최고의 살수집단이라는 백골총이 접촉해 왔다. 지난 십봉룡과의 전쟁에서도 지켜본바, 백골총은 실수를 모르는 자들이었다.

그중에서도 소악마라는 미지의 살수는 최강이었다. 그의 솜씨는 그야말로 불가사의하다고밖에 표현할 수가 없었다.

하지만 제거할 대상은 신교의 성지에서 철벽과도 같은 무인들에게 둘러싸인 천하제일인, 보다 완벽한 작전을 위해 천망은 물밑에서 은밀히 소악마를 도왔다.

그의 가짜 신분을 만들어주어 신궁을 다섯 번이나 들락거릴 수 있게 하는 한편, 언제든 때가 무르익으면 곧장 침투할 수 있도록 신도에 거처까지 만들어준 것이다.

모든 것이 완벽했다.

내부에서 틈을 만들고, 중원 최강의 살수가 그 틈을 타 침투를 하는 양동작전이면 모든 게 끝나는 완벽한 상황.

그때 웬 거지 하나가 나타났다.

천망의 망주는 자신이 심어둔 고수를 통해 당시의 상황을 똑똑히 전해 들을 수 있었다. 소악마는 길에서 우연히 만난 거지를 맞아 무려 백여 초에 이르는 박빙의 대결을 펼쳤다. 그 결과 간발의 차이로 소악마가 패했다.

이상한 건 이어지는 거지의 행동이었다.

왜인지 모르나 그는 소악마에게 이런 말을 남기고 홀연히 사라졌다.

"하늘은 한 사람을 죽이면 반드시 한 사람을 살린다. 너는 오늘 죽었으니 대신 다른 사람이 살겠구나."

훗날 거지는 그 유명한 십병귀로 밝혀졌다.

십병귀는 삼공자의 사주를 받은 것이 분명했다.

당시만 해도 막연히 삼공자의 사주를 받았거니 했는데 이제 와보니 십병귀와 삼공자는 처음부터 막역한 사이였던 것이다.

그날 이후 백골총은 멸문지화를 당했고 소악마는 홀연히 사라졌다. 그리고 지금 권운의 눈앞에 나타났다. 바로 자신을 살려 보내준 십병귀의 수족이 되어.

"이제야 천망 각주답군. 소악마를 안다면 그가 얼마나 무서운 인간인지도 알겠지? 주변에 있는 천망의 유령들을 모두 치워라. 일각이 지난 후에도 기척이 느껴지면 소악마가 한 명씩 찾아갈 것이다. 단언컨대 반 시진이 지난 후에는 단 한 명도 살아남지 못할 것이다."

"그 말은……."

"한기가 느껴지면 곁을 돌아봐라. 그가 서 있을 테니."

말인즉슨, 소악마 당엽이 천망의 술사들 움직임을 낱낱이 지켜보고 있다는 뜻이다.

법공, 조원원, 당소정, 진자강은 속으로 코웃음을 쳤다. 단언컨대 당엽은 지금 이곳에 없다. 그랬다면 권운을 잡아오는 건 당소정이 아니라 당엽이었을 테니까.

죽은 제갈공명이 산 사마중달을 물리친다고, 당엽의 지난 날 명성에 빗대어 협박을 한 것인데 이쪽의 사정을 모르는 권운의 얼굴이 석상처럼 굳어졌다.

권운은 진심으로 놀랐다.

그렇잖아도 대별산에서 새롭게 합류한 괴인의 정체를 파악하지 못해 애를 먹었었다. 그 괴인이 백골총의 소악마가 맞는다면 경천동지할 일이다. 그가 살검을 뽑아 든다면 천망의 요원들은 씨가 남지 않으리라.

권운은 그제야 엽무백이 유황 온천에서 그토록 오랜 시간을 머문 이유를 알았다. 암향초의 향을 씻어내는 건 부차적인 목적이었을 뿐, 진짜는 소악마 당엽을 얻기 위해서였다.

십병귀는 일인군단의 힘을 얻었다.

권운은 소름이 쫙 돋았다.

"알겠… 소."

"그리고 하나 더. 마궁에서 온다는 자에게 내가 좀 보잔다고 전해. 장소는 무당산이 좋겠군."

"……!"

第七章 무당산(武當山)

칠십이 개의 봉우리, 삼십육 개의 절벽, 이십사 개의 계곡, 십일 개의 동굴, 아홉 개의 샘, 세 개의 호수. 무당산을 설명할 때 흔히 나오는 말이다.

과거 무당산의 위용은 엄청났다.

하지만 이 모든 것을 압도하는 것이 있었으니 바로 주봉인 천주봉(天柱峰)을 중심으로 산개한 수십 개의 고래등 같은 전각이었다. 그곳에서 그 이름만으로도 세상을 경동시킨 절세의 고수들과 수많은 무학이 태어났다.

그러나 이제는 사람들의 입을 통해 전해지는 과거의 영화

일 뿐이었다. 도사가 떠난 무당산은 원시림을 방불케 했다. 숲은 우거져 한 치 앞을 볼 수 없고, 낙엽은 정강이까지 쌓여 눈밭을 걷는 것 같았다.

"언니, 여기가 확실히 맞아요? 길을 잘못 든 거 아네요?"

조원원이 풀숲을 헤치며 중얼거렸다.

온갖 잡풀로 말미암아 흐릿하게 흔적만 남은 길을 따라 산을 오른 지 한 시진, 어찌 된 영문인지 무당파의 흔적을 찾을 수가 없었다.

"틀림없어. 여기 어디쯤 일주문(一柱門)이 있었던 걸로 기억해."

당소정이 말했다.

"대무당파의 일주문이었다면 규모도 예사롭지 않았을 텐데, 그 큰 게 어디로 갔다는 거예요?"

"마교가 침공했을 당시 본산과 일주문을 모두 불태웠다고 들었어. 십 년은 불타 버린 문파의 흔적을 지우기에 충분한 세월이지."

"확실해요?"

"확실해."

대신 말을 한 사람은 법공이었다.

"그걸 어떻게 알죠?"

조원원이 이번엔 법공을 향해 물었다.

"석년에 나도 와본 적이 있거든. 내겐 평생 잊을 수 없는 하루였지."

법공까지 그렇다면 그럴 것이다.

조원원은 쓰게 입맛을 다신 후 다시 법공과 함께 풀숲을 헤치며 길을 찾아갔다.

"평생을 가도 잊을 수 없다는 말은 무슨 뜻이에요?"

진자강이 법공에게 물었다.

법공은 여전히 풀숲을 헤치고 가면서 설명을 했다.

"열예닐곱 살 무렵이었나? 그때 난 백팔나한이 되기 위해 강호를 떠돌며 천일수행을 쌓고 있었지. 단강구(丹江口)를 지날 무렵 난생처음 보는 말코 하나가 나를 보더니 '야이, 돌중아!' 이러고는 밑도 끝도 없이 돌을 던지고 도망가는 거야."

"예에?"

"네가 생각해도 황당하지? 그렇지? 뭐 이런 미친놈이 다 있나 하고 냅다 추격했지. 한참을 달려가다 보니 뭔가 이상하더라고. 바위로 뒤덮인 괴이한 봉우리들과 굽이쳐 흐르는 계곡이 예사롭지 않더라니 갑자기 커다란 일주문이 떡 하니 나타나는 거야. 아래에는 무당파라는 세 글자가 새겨진 입문석(入門石)이 버티고 있더군. 알고 봤더니 글쎄 그 말코가 무당파의 제자였더라고."

"으에?"

"내 반응도 딱 그랬어. 진짜 황당하더라고."

"그래서 어떻게 됐어요?"

"앗 뜨거라 싶더라고. 지금이야 옛이야기가 되었지만 당시 소림사와 무당파는 비록 불문과 현문으로 가는 길은 달랐지만 문파의 존장들끼리는 막역했거든. 각자 고승과 선인을 초빙해 법문을 강론하기도 하고. 무공을 시연하기도 하고."

"그래서 그냥 돌아가셨어요?"

"내가 그럴 놈으로 보여?"

"아뇨."

"네가 어리지만 사람은 볼 줄 아는구나."

"아저씨를 조금만 알고 나면 누구라도 그렇게 말했을 거예요."

"내가 그렇게 강렬한 인상의 소유자인가?"

"여러 가지 의미로다가요."

"아무튼 그때 호광 땅에는 용화사(冗話寺)라는 사찰이 성세를 떨치고 있었어. 용화(冗話), 즉 쓸데없는 말이라는 뜻인데 부처의 가르침은 불경 속에 있지 않고 속세에 있다며 실천적 수행을 강조하던 사찰이었지. 말이란 참 묘한 거야. 가난하고 힘없는 대중의 심장을 겨냥한 그 진언은 일대 선풍(仙風)을 일으켰지. 언제부턴가 사람들은 암자에 틀어박혀 불경이나 외는 승려들을 돌중이라 부르며 진짜로 돌을 던지기도 했어.

그런 현상은 용화사가 있는 호광이 특히 심했는데 오죽하면 내가 호광을 여행 중에 탁발을 하다 하다 안 돼서 구걸을 했을까. 내가 중인지 거지인지 정체성에 혼란이 오더라니까. 그런데 내가 무슨 말을 하고 있었지?"

"돌을 던지고 간 말코를 찾아 추격을 했더니 무당산까지 오게 되었다고요. 문파의 존장들끼리 워낙 막역한 사이라 따지고 들 수도 없고, 그렇다고 그냥 갈 수도 없었다고요."

"아, 그렇지. 용화사의 승려들은 실천적 수행을 강조하기 때문에 일단 행색이 남루하고 묵언 수행을 하는 경우가 많았지. 난 용화사의 승려인 척 가장했지. 그리고 어디서 온 누구냐고 묻는 무당파의 말코들 앞에 쭈그리고 앉아 작대기로 원숭이를 한 마리 그렸어."

"원숭이는 왜요?"

"내게 돌을 던지고 간 말코가 원숭이처럼 생겼거든."

"말도 안 돼. 원숭이처럼 생겼다는 거지 원숭이는 아니잖아요. 그런 걸로 어떻게 사람을 찾아요?"

조원원이 불쑥 끼어들었다.

진자강과 법공의 대화가 워낙 재미있었던 탓이다.

한데 법공의 대답이 걸작이었다.

"천만에. 일주문을 지키는 말코가 이르길 '효원 사제를 말

하나 보군요. 그 녀석이 또 무슨 말썽이라도 부렸습니까? 그러던걸."

"······."

조원원은 퀭한 눈으로 말문이 막혀 버렸다.

"그래서요. 그래서 어떻게 됐어요?"

진자강이 보챘다.

"난 다시 바닥에 그림을 그렸지. 중이, 그러니까 내가 길을 걸어가는 장면과 어디서 갑자기 나타난 원숭이가 나를 향해 돌을 던지는 장면, 그리고 그 돌에 맞아 승려의 머리가 터지는 장면까지. 마지막엔 쑥을 빻아 붙여놓은 내 머리통을 들이밀었지. 이것 보라고."

"그랬더니요."

"허리가 부러져라 사과를 하더니 일다경쯤 지나서 그놈을 끌고 온 거야. 그 효원이라는 말코 말이야. 한데 그 말코는 나를 처음 본다는 둥, 무슨 해괴한 소리를 하는지 모르겠다는 둥 시치미를 딱 떼는 거야."

"그래서요?"

"아, 이걸 어떻게 죽여 버리나 싶은 게, 피가 거꾸로 솟고 하늘이 새까매지더라고. 한데 갑자기 그 효원이라는 말코를 끌고 왔던 착한 말코가 놈의 뒤통수를 냅다 갈기는 거야. 그러면서 호통을 치길 '내가 네놈의 행실을 모르느냐. 공 사형께 일러 물고를 내기 전에 냉큼 사죄하렷다' 이러더라고."

"반전의 연속이네요."

"나도 조금 당황스러웠어. 사형이라는 자가 내게 사정을 설명하는데 알고 보니 그 효원이라는 말코는 소림사의 승려와 비무를 하던 중 사소한 실수로 근맥을 다쳐 무공을 익힐 수가 없는 몸이더라고."

"저런… 불쌍한 도사님이네요."

"그 얘기는 나도 아는 얘기였어. 그때 소림의 승려는 사부와 함께 무당산을 찾아가 진심 어린 사죄를 하고, 문파의 존장들끼리도 우발적인 사고였다는 것이 공감대를 가졌어. 그 일로 양 문파간의 우애를 깨는 일이 없도록 하자며 좋게 넘어갔지. 한데 바로 그것 때문에 말코는 더욱 한이 맺힌 거야. 그때부터 승려만 보면 저도 모르게 멀리 숨어서 돌팔매질을 하고는 도망을 간다는 거야."

"정말 불쌍한 도사님이네요."

조원원도 한마디 거들었다.

"길 가다 돌 맞은 승려는 안 불쌍하고?"

"어지간히 맞아서는 죽지도 않을 것 같은데 뭘 그러세요."

"죽지 않으면 아무런 상관없는 승려에게 돌팔매질을 해도 되나?"

"그래서 어떻게 됐어요?"

조원원과 법공이 티격태격하자 진자강이 다시 보챘다. 법공은 조원원을 향해 눈썹을 한번 씰룩거려 주고는 다시 말을 이어갔다.

　"사형인 작자가 효원이라는 말코에게 이르길 '이분은 소림이 아닌 용화사의 스님인 듯한데, 수도를 하는 네가 사사로운 은원에 얽매여 어찌 함부로 돌팔매질하느냐. 너는 이 죄업을 어떻게 씻을 것이냐?' 고 다그치더라고. 나는 찔끔했지."

　"그래서 그냥 돌아가셨어요?"

　"다시 묻지만 내가 그럴 사람으로 보이니?"

　"다시 말씀드리지만 아뇨."

　"그 일은 그 일, 왜 내가 난생처음 보는 말코가 던진 돌에 박이 터져야 하는 건데? 안 그래?"

　"아저씨로서는 확실히 억울한 면이 있죠. 그래서요?"

　"나는 다시 땅바닥에 그림을 그렸지. 원숭이를 나무에 묶어두고 승려가 멀리서 돌멩이를 던지는 그림을 말이야. 즉, 나도 똑같이 복수를 하겠다는 뜻이지. 이에는 이, 눈에는 눈이거든."

　"어쩜 그렇게… 정말 너무하시네요."

　조원원이 혀를 끌끌 찼다.

　진자강도 그건 너무했다 싶은지 고개를 절레절레 흔들었다.

"그래서요."

"효원이라는 말코는 사색이 되었고, 그 사형도 크게 당황한 눈치였어. 하지만 잠시 고민을 하더니 이내 제 사제에게 기왕 이렇게 되었으니 이참에 네놈의 버릇을 고쳐야겠다며 시키는 대로 하라더군."

"맙소사!"

"맙소사!"

"큭큭큭. 녀석은 울상이 되어 나무 밑으로 걸어갔고, 난 십여 장 밖에 짱돌 하나를 던졌다 받기를 반복하며 회심의 미소를 지었지. 그때까지만 해도 난 모든 게 완벽했다고 믿었어. 젠장할."

"또 반전이 있어요?"

진자강이 눈을 동그랗게 떴다.

"하필이면 그때 저 안쪽에서 청수한 인상의 고승 한 분이 나오시는 거야. 법명은 일광(日光), 후일 소림사의 십칠대 방장이 되신 훌륭한 선승이셨지. 내 사부님이기도 하셨고. 알고보니 사부님께선 다른 일로 무당산에 들렀다가 돌아가시는 길이셨어."

"딱 걸렸네."

"헉, 그래서요?"

조원원과 진자강이 연달아 말했다.

법공은 조원원을 한 번 노려보고는 말을 이어갔다.

"사부님께서 나를 보시자마자 네 녀석이 여긴 웬일이냐며 알은체를 하시더군. 지금도 그렇지만 나는 이 세상에서 무서운 사람이 딱 한 명 있는데 그게 바로 우리 사부님이셔. 내가 샛노래진 얼굴로 우물쭈물하는데 그 효원의 사형이 자초지종을 설명하더라고, 그리고 이 일은 무당의 제자가 시비를 일으킨 것이니 하려던 대로 하겠다고, 그래서 제 사제의 못된 버릇을 고쳐 놓겠다고 주장을 하는 거야."

"훌륭한 도사님이시네요."

"사제의 버릇을 가르치기 위해 소림사의 승려에게 돌팔매질을 시켜야 하는 사형의 마음이 어땠을까요? 가슴이 짠해지네요."

조원원이 가슴을 쓸어내렸다.

"지금 누구 편을 드는 거야?"

"전 인지상정을 말씀드리는 거예요."

"걱정 마. 돌팔매질을 당한 일은 없었으니까."

"예?"

"내 사부님께서 한참을 생각하시더니 말코 효원에게 이르시길 '도우께서 입은 마음의 상처가 심히 컸던 모양이구려. 그 마음을 어루만지지 못해 참으로 미안하오이다. 비록 그때 그 승은 아니지만 내 제자가 그 승이라 생각하고 분이 풀릴

대로 돌팔매질을 하시오. 소림 금강나한의 이름으로 분명히 말해두거니와 소림에선 이 일을 두고 어떤 경우에도 문제 삼지 않겠소' 이러시는 거야. 이게 말 돼?"

"소림에도 사람이 있었구나. 진정 존경스러워요. 역시 그릇이 그렇게 크시니 후일 소림을 이끄는 방장이 되셨겠지요? 이래서 일파를 이끄는 존장은 아무나 되는 게 아니라니까."

조원원이 또 깐죽거렸다.

그녀가 진짜 하고 싶은 말은 '그런 사부 밑에서 어떻게 당신 같은 제자가 나왔어요?' 라는 말일 것이다.

"그래서요?"

진자강이 법공의 소맷자락을 붙잡고 물었다.

결말이 궁금해 죽을 지경인 모양이었다.

"효원이라는 말코가 갑자기 무릎을 꿇고는 펑펑 울더라고. 그 사형도 울고, 곁에 있는 다른 말코들도 울고, 한마디로 난장판이 되어버렸어. 내 사부님께서는 효원의 어깨를 토닥여주며 수도의 길이 꼭 무도(武道)만 있는 건 아니라며 언제든 도움이 필요하면 소림사를 찾아오라고 하셨지. 후일 그 얘기를 전해 들은 무당파의 장문인께서는 크게 감복해서 소림사에 사절을 보내셨고 소림사와 무당파의 우애는 더욱 돈독해졌어."

"모두 잘되었네요."

"잘되긴 뭐가 잘돼. 나는 박만 터지고 복수도 못했는데."

"스님이시잖아요. 마음을 넓게 쓰셔야지요. 아미타불."

진자강이 합장까지 하며 불호를 나지막하게 외더니 쏜살같이 도망가 버렸다.

"뭐, 저, 저놈이!"

법공이 후다닥 달려갔다.

조원원이 연검으로 풀을 치다 말고 배꼽을 잡고 굴렀다.

약간 떨어진 곳에서는 당소정이 손으로 입을 가리며 웃었다. 그녀 역시 앞에서 법공과 사람들이 하는 얘기를 모두 들었다. 생각만 해도 훈훈한 일화가 아닌가.

'한때는 그런 시절이 있었지.'

"당신은 무슨 일로 왔소?"

엽무백이 당소정에게 물었다.

"어렸을 때 아버지의 손을 잡고 올라왔던 기억이 있어요. 여기 어디쯤 일주문이 있었고, 그 아래 잘생긴 도사 여섯 명이 기다리고 있다가 정중하게 손님을 맞더군요."

"사천당문은 무당파와 관계가 썩 좋은 편이 아니었던 걸로 아는데."

"그때는 그런 걸 따질 계제가 아니었죠. 북쪽에서 초공산이 십만 마병을 이끌고 황하를 넘었다는 소식이 들릴 무렵이었거든요. 도착해 보니 구대문파와 오대세가를 비롯해 명문대파의 존장 수십 명과 후기지수들이 모두 모여 있더군요."

"무림맹(武林盟)……."

"그때가 무림맹의 마지막 회합이었어요. 이후 십여 곳의 전선으로 흩어졌고 각자의 위치에서 최선을 다해 싸웠죠. 한 달쯤 지나자 여기저기서 패전 소식이 들려왔고, 반년이 지났을 때는 구대문파와 오대세가 대부분이 궤멸되었어요. 당시 무림맹주였던 무당파의 장문인 검산노옹(劍山老翁)께서 늦은 밤 후기지수들이 모인 곳으로 찾아와 해주신 말씀이 아직도 잊히지가 않아요."

"뭐라고 했기에……."

"검산노옹께서는 이렇게 말씀하셨죠. '어른들의 실패를 반면교사(反面教師) 삼아 너희 대에서는 두 번 다시 이런 일이 생겨나지 않게 하거라.'"

그때쯤엔 진자강도 이마에 커다란 혹 하나를 달고 돌아와 당소정의 얘기를 귀담아듣고 있었다. 아마 그 회합에 자신의 아버지도 참석했으리라. 갓난아이였을 무렵 어지러웠던 세상의 이야기를 듣고 있자니 진자강은 기분이 묘했다.

"그때는 막연하게 큰 진통을 겪는 중에 가르침을 내리는 거라 생각했어요. 하지만 후일 알게 됐죠. 맹주께서는 마도천하가 머지않았다는 걸 그때 이미 알고 계셨던 거예요. 천 리를 내다본다는 말이 돌 정도로 현기(賢氣)가 대단하신 분이었으니 이상할 것도 없죠."

검산노옹은 마도천하가 되기 전까지 천하제일인으로 불리던 무적의 고수였다. 그가 대복산(大腹山)에서 초공산을 상대로 백여 합의 공방 끝에 죽자 그를 따르던 무림맹의 고수들은 더는 승산이 없다고 판단 백기투항을 했다.

그중 몇몇은 이에 동조할 수 없다며 문파의 고수들을 이끌고 마지막까지 저항했다. 대표적인 인물이 바로 광동진가의 가주이자 진자강의 아버지인 패도 진세기였다.

"우리에게 반면교사 할 기회가 올까요?"

다시 당소정이 말했다.

"없을 것 같소?"

엽무백이 반문했다.

"어쩌면……."

"왜 그렇게 생각하시오?"

"흔적도 없이 사라진 무당파를 보니 문득 그런 생각이 드네요. 십 년의 세월이면 강산도 변한다잖아요. 만에 하나 하늘이 도와 마도를 몰아낸다고 해도 과연 우리에게 남은 게 있을까 하고 말이에요."

"이 땅에 무림이 생겨난 지 천 년이오. 마교는 그 세월 속 어느 한 지점에서 피어난 독버섯에 지나지 않지. 천 년의 저

력은 그렇게 쉽게 사라지는 게 아니오."

고개를 돌려 엽무백을 바라보는 당소정의 두 눈에 깊은 신뢰가 담겼다. 엽무백이 그렇게 만들 수 있을지 없을지는 모른다. 하지만 그 일을 할 수 있는 한 사람을 꼽으라면 당소정은 주저없이 엽무백을 말할 것 같았다.

"어, 내가 뭔가를 발견한 모양인데."

법공의 말이었다.

그가 곤으로 풀숲을 이리저리 눕히자 이끼가 잔뜩 낀 커다란 암석이 모습을 드러냈다. 자연석을 직사각형의 형태로 깎아 만든 바위엔 무당파(武當派)라는 세 글자가 음각으로 새겨져 있었다. 오랜 풍우에도 불구하고 필체는 여전히 웅장했다.

본산이 불타는 와중에도 여전히 건재한 입문석을 보자 당소정은 저도 모르게 눈시울이 뜨거워졌다. 무당파는 칠백여 년의 역사를 지닌 거대 문파다. 엽무백의 말처럼 정도무림은 쉽게 없어지지 않을 거라는 생각이 들었다.

당장 보름 전에만 해도 파양호에서 무당의 십칠대 제자이자 무당칠검으로 유명한 한백광을 만나지 않았던가.

지금쯤 그는 어디에선가 정도무림의 생존자들을 하나로 끌어모아 자신들의 뒤를 이어 금사도로 향하고 있을 것이다.

복주에는 화산의 매화검수 문풍섭과 장로 적노가 있다. 그

외 남궁세가의 혈족 남궁옥이 있고, 하북팽가의 혈족 팽도굉도 살아 있다.

그리고 지금 이곳엔 광동진가의 소공자 진자강과 소림 십팔나한의 일인 법공이 있다. 거기에 사천당문의 소공녀인 자신이 있다.

청성의 제자가 살아 있지 말란 법 없고, 점창의 제자가 생존해 있지 말란 법 없다. 어느 문파의 누가 살아남았는지 모르지만, 살아남은 모든 사람들이 자신들의 한 걸음 한 걸음을 지켜보고 있다.

당소정은 잠시라도 나약했던 마음을 되잡으며 씩씩하게 말했다.

"입문석이 있다면 본산은 금방이에요. 어서 가요."

＊　　＊　　＊

도사들이 떠난 도관은 을씨년스러웠다.

불타고 남은 전각의 잔해들이 여기저기 뒹구는 와중에 어른 키만큼이나 높이 자란 잡초가 도관을 통째로 장악하고 있었다. 그 모습이 마치 마교가 집어삼킨 지금의 중원무림을 보는 것 같아 쓸쓸했다.

하지만 법공의 예상과는 달리 매복의 흔적은 없었다.

두타다닥!

느닷없이 들린 소리에 사람들이 일제히 고개를 꺾었다. 겨울이라 바싹 마른 잡초들 사이로 노루 몇 마리가 뛰어가는 것이 보였다.

"고기다!"

눈이 툭 튀어나온 법공이 곤을 뽑아 들고 달려갔다.

법공이 우거진 잡초 너머로 사라지는 사이 엽무백은 계속해서 산 위쪽으로 걸음을 옮겼다.

엽무백은 무당파가 처음이었다.

엽무백뿐만 아니라 법공과 당소정을 제외하고는 모두가 마찬가지였다. 법공 역시 경내로 들어와 보진 못했다.

그나마 법공이 저녁거리로 노루를 한 번 구워보겠다고 사라지는 바람에 제대로 된 길을 아는 사람은 당소정이 유일했다.

당소정은 산정(山頂)으로 향하는 중에 주변에 널브러진 것들을 일행에게 설명해 주었다. 일설에 따르면 영락제가 삼십만 명의 장인을 파견해 무당파의 증축을 도왔다고 한다.

그 결과 칠 년에 걸쳐 여덟 개의 궁(宮)과 두 개의 관(觀), 서른여섯 개의 암당(庵堂), 일흔두 개의 애면암(崖面庵), 서른아홉 개의 교각과 열두 개의 정자 등이 완성되어 무당파의 모습을 갖추었다.

하지만 지금은 궁도, 암자도 불탄 자리만 겨우 남아 있을 뿐이었다. 유일하게 형체가 남아 있는 곳이라곤 천주봉 정상의 금전(金殿)이었다. 구리 십만 근을 녹여 만든 이 작은 사당만이 화마를 피한 채 어슬어슬 녹슬어가고 있었다.

엽무백은 금전에서 걸음을 멈췄다.

"여기서 하룻밤 묵는다."

"진심이에요?"

조원원이 되물었다.

"풍광을 구경하려고 여기까지 왔겠어?"

"여긴 무당산에서도 가장 높은 천주봉 정상이에요. 적들이 천주봉 하나만 포위하면 고립될 수밖에 없는 불리한 지형이라고요."

"하나를 포기하면 다른 하나를 얻을 수 있지."

"그게 무슨……?"

"말 그대로 무당산 전체를 조망할 수 있잖아."

엽무백이 군이 이 까마득히 높은 곳에 자리를 잡은 이유는 무당산의 둘레를 한눈에 조망할 수 있다는 이점 때문이었다.

하지만 지금의 경우엔 아무리 생각해도 득보다 실이 많다. 자신이 아는 걸 엽무백이 모를 리 없을 터, 조원원은 고민을 그만두고 사방을 살폈다.

엽무백의 말처럼 이곳에선 산자락이 한눈에 보인다. 게다가 초목이 잎을 떨어뜨리는 겨울의 초입이라 누구라도 천주봉을 오르는 순간 발각되지 않을 수가 없다.

'일단 기습은 불가능하겠군. 적이 다가오는 기척이라도 보이면 도주를 할 시간을 벌 수도 있겠고. 뭐 그리 나쁜 장소는 아니야.'

내친김에 조원원은 십리경을 뽑아 들고 산자락을 더욱 세밀하게 훑었다. 그 어디에도 적의 기척은 느껴지지 않았다.

당엽이나 엽무백 같은 고도의 은신술을 지닌 자들은 팔뚝만 한 바지랑대에도 몸을 숨길 수 있으니 아주 없다고 볼 수는 없다.

하지만 여섯 명을 위협할 정도의 인원이라면 산자락을 새까맣게 뒤덮어야 할 터, 우선은 안심이었다.

"이상할 정도로 조용한데요."

"해가 질 때까지는 시간이 있어. 다들 편안하게 쉬면서 체력을 비축하도록."

순간 사람들은 똑같은 생각을 했다.

'해질 무렵에 팔마궁의 인물이 찾아온다.'

엽무백의 말이 떨어지자마자 진자강은 누가 시키지도 않았는데 여기저기 흩어진 건물의 잔해들을 모아 모닥불을 피우고, 샘을 찾아 깨진 항아리에 물까지 가득 담아왔다.

"일단 목부터 좀 축이고 계세요."

그렇게 한마디를 던져 놓고 그 자신은 멀리 떨어지지 않은 공터에서 칼을 뽑아 진가도를 수련하기 시작했다. 잠시 후, 법공이 큼지막한 노루 한 마리를 어깨에 짊어지고 나타나서는 진자강에게 소리쳤다.

"이거나 한 번 구워봐. 소금 잘 쳐 가지고."

당소정이 자기가 하겠다며 나섰지만 진자강은 잽싸게 달려와 노루를 낚아채서는 배를 가르고 내장을 꺼냈다.

이어 고기가 빨리 익도록 어슷어슷 회를 치고 그 사이에 왕소금을 잔뜩 쑤셔 넣더니 굵은 생나무에 통째로 끼워 모닥불 위에 척 올려놓았다.

불을 다루는 것도 그렇고 고기를 굽는 솜씨도 예사롭지 않았다. 마도천하가 되고 난 후 오랫동안 강호를 떠돌면서 생겨난 재주일 것이다.

진자강에게 생겨난 재주가 다른 사람에게는 생기지 않았을까. 익숙하기로 따지자면 진자강보다는 조원원과 당소정이 나을 테고, 두 여자보다는 법공과 엽무백이 나을 것이다.

그럼에도 불구하고 진자강이 저렇게 열심히 손발을 놀리는 것은 미안하기 때문이다. 아직 어린 그에게 금사도를 찾아가는 여정은 뼈를 깎는 고통일 수밖에 없었다. 특히 전투가 벌어질 때마다 많은 사람이 음으로 양으로 지켜주지 않았다면 벌써 죽은 목숨이었다.

하지만 그 얘기를 하는 사람은 아무도 없다.

심지어 생색내기를 누구보다 좋아하는 법공조차도 적지 않게 진자강의 목숨을 구해주었으면서도 시치미를 뚝 떼고 있다. 진자강이 그 자신을 짐으로 여길까 봐서다.

말하지 않는다고 모를까.

진자강은 다른 사람들이 자신을 어떻게 대해주고 있는지 너무나 잘 알고 있었다. 식구란 이런 것일까? 언제 어디서든 위험에 처하면 나를 구하기 위해 달려와 줄 강력한 뒷배가 있다는 건 가슴 벅차는 일이었다.

해서 진자강은 그들을 위해서라면 무엇이든 해주고 싶었다. 그들처럼 전면에 나서서 싸우지는 못하지만, 이런 일들은 자신이 할 수 있지 않은가.

하지만 그 와중에도 게을리할 수 없는 게 있었다. 언젠가는 짐이 아닌 동료가 되기 위해서라도 오히려 더욱더 열심히 매진해야 할 그것은 바로 수련이었다.

노루가 익어가는 동안 진자강은 멀찌감치 떨어진 곳에서 칼을 잡고 다시 진가도를 수련하기 시작했다. 정확하게 말하면 대별산에서 죽림을 빠져나오면서 치렀던 싸움을 복기하는 것이었다.

이것 역시 엽무백에게서 배웠다.

일전에 몽중연에서 슬쩍 지켜본바, 엽무백은 당소정 앞에서 지난날 황벽도에서 백악기를 상대로 싸울 때의 모든 동작을 정확히 외우고 있었다.

그때 엽무백의 모습은 진자강에게 실로 충격적이었다.

그동안 치른 싸움이 얼마나 잦은데, 무엇보다 엽무백에게 백악기는 한낱 파리에 지나지 않은 존재였는데 어떻게 그 모든 동작을 기억하고 있었을까?

집중력 때문이다.

사자는 토끼를 사냥할 때도 최선을 다하는 법. 적을 마주한 상태에서 끌어 올리는 고도의 집중력이 지금의 엽무백을 만든 것이다.

사실 얼마 전까지만 해도 진자강은 가문비전의 검공을 다른 사람들 앞에서 수련한 건 잘못이라고 생각했다.

하지만 당소정의 충고를 듣고 생각을 바꿨다.

"엽 공자를 제외하면 우리 중 누구도 단지 보는 것만으로 진가도의 파해법을 찾을 수는 없어. 하지만 너의 수련에 도움을 줄 수는 있지."

당소정은 그렇게 말했다.

진자강은 그 말이 참으로 타당하고 생각했다.

그렇잖아도 사부 없이 홀로 수련을 하자니 막히는 곳이 한두 군데가 아니었던 처지다. 곤왕이라 불리는 소림의 나한승, 천하제일 경신공을 가진 해월루의 후예, 두말이 필요없는 사천당문의 후예, 그리고 당금무림을 경동시키고 있는 무적의 고수가 한꺼번에 지켜보는 앞에서 수련을 하면 얼마나 많은 가르침을 얻을 것인가.

진자강은 땀을 뻘뻘 흘렸다.

전날 힘을 한 곳으로 집중하면 바늘로도 코끼리를 쓰러뜨릴 수 있다는 엽무백의 가르침은 진가도에 대한 진자강의 이해를 완전히 바꿔놓았다.

복주에서 시작해 남창, 파양호, 대별산을 거쳐 이곳까지 오는 동안 십여 차례의 크고 작은 전투를 치렀다. 엽무백의 가르침을 기반으로 실전의 경험까지 더해지면서 진자강의 도법 또한 점점 무르익어 갔다.

그 성취가 비정상적으로 빠른 탓에 사람들은 각자가 분석한 원인에 대한 이야기를 했다. 조원원은 어린 시절부터 수련한 동작이 몸에 밴 탓이라고 했고, 당소정은 타고난 혈통 때문이라고 했고, 법공은 진자강의 지독한 근성 때문이라고 했다. 엽무백은 아주 뜻밖의 말을 했다.

"세상이 녀석을 강하게 만들었어."

"그게 무슨 말이야?"

법공이 노루고기를 뒤집으며 물었다.

대수롭지 않은, 그냥 무슨 말인지 이해가 되지 않아서 한번 물어본다는 투였다.

"법공, 살아남은 소림의 승려가 몇이나 되지?"

"본산 제자야 나를 포함해 열 명이 채 안 되겠지. 소림은 끝까지 결사항전을 했으니까. 그나마 그때 횡액을 피한 다른 사람들은 어떻게 되었는지 알 수 없어. 하지만 세상 구석구석 찾아보면 속가제자는 아직 얼마든지 남아 있을 거야. 다만 시절이 시절인지라 신분을 속이고 있을 뿐. 한데 그건 왜 묻는 거지?"

"때가 무르익으면 소림은 언제든 부활할 수 있겠는걸."

"모처럼 옳은 소리를 하는군. 뒷다리 한 짝은 네 거다."

"하지만 진자강은 달라. 선택의 여지가 없지."

"그게 무슨 말이야?"

"세상 어느 구석에 또 다른 생존자가 있을지도 모르지만 현재로선 광동진가의 생존자는 진자강이 유일하다. 가문을 재건해야 한다는 막중한 책임, 진가의 무학을 대성하고 싶은 소망이 살아남아야 한다는 절체절명의 명제와 만나 녀석으로 하여금 초인적인 힘을 끌어내도록 하고 있는 거야."

그제야 말뜻을 알아들은 사람들의 얼굴이 사뭇 진지해졌

다. 그게 어디 진자강에게만 해당되는 말일까.

사문을 재건해야 한다는 책임은 조원원과 당소정도 마찬가지로 느끼고 있었다. 다만 지금까지는 목숨을 보전하기도 어려운 상황이었는지라 진지하게 생각해 보지 못했을 뿐이다.

"녀석, 기특한걸. 앞다리 한 짝은 저 녀석 줘야겠어."

법공이 말했다.

조원원과 당소정이 하고 싶은 말이었다.

"어려도 녀석은 엄연한 광동진가의 가주이자 진가도의 당대 전승자다. 나야 궤가 다르니 상관없지만 다들 녀석을 대할 때 그 점을 잊지 말아야 할 거야. 뭐, 내가 알 바는 아니지만."

엽무백이 말했다.

어리다고 함부로 대하지 말란 소리다.

지극히 타당한 말이다.

훗날 세월이 흘러 마도가 패망하고 다시 정도무림이 중원을 되찾는 시절이 온다면 진자강은 광동진가의 가주가 되어 있을 것이다.

법공이 제아무리 고승이 되었다고 한들 일문의 수좌에게 고기를 구워라 마라 할 수는 없는 노릇이다.

잠시 침묵이 흐른 끝에 조원원이 연검을 뽑아 들고 나서며 말했다.

"내가 대련을 해줄까?"

"누나가요?"

"누나라는 소리를 듣는 것도 지금뿐이겠지?"

"네에?"

영문을 모르는 진자강이 눈을 동그랗게 뜨고 물었다.

"지금은 누나라고 부르지만 언젠가는 그렇게 부르지 않을 때가 올지도 모른다는 거야. 꼭 왔으면 좋겠지만 그게 마음대로 되는 건 아니니까."

"누나를 누나라고 안 부르면 뭐라고 불러요?"

"그렇게 생각해?"

"그럼요. 전 아무리 세월이 흘러도 꼭 누나라고 부를 거예요. 저 한 입으로 두말하는 사람 아니에요."

"호호호. 나중엔 어떻게 될지언정 지금은 듣기 좋은걸. 진자강, 방금 네가 한 말을 평생 기억해 둬라. 그래야 나중에 내가 너를 찾아가면 사람들 앞에서 두고두고 골려먹지. 자, 오늘 이 순간을 선명하게 기억하라는 의미에서 인정사정없는 대련을 시작해 볼까?"

'뭐지? 나한테 시집오겠다는 말인가?'

진자강은 고개를 갸우뚱하면서 칼을 들어 올렸다.

순간, 조원원이 신형을 쏘며 연검을 팔방풍우로 휘둘러

냈다.

　앞서 경고한 대로 인정사정없는 대련이었다. 대경실색한
진자강이 연거푸 다섯 걸음을 파죽지세로 물러나는가 싶더니
곧 반격을 가하기 시작했다. 그때부터 쨍쨍 소리와 함께 공중
에서 불꽃이 튀었다.

第八章

그들이 나타나다

"그나저나 그 살수 놈은 도대체 언제 오는 거야?"

법공이 노루고기를 뒤집으며 투덜거렸다.

당엽을 두고 하는 말이었다.

"당엽은 왜?"

엽무백이 물었다.

"알 거 없어."

시간이 있을 때 확실히 해둘 게 있다.

서열을 정하는 것이다.

나이도 어린 녀석이 주야장천 자신에게 반말을 하는 것이 법공은 마음에 들지 않았다. 그동안은 적들과 싸우랴, 경공을 펼쳐 북진하랴 바빠서 넘어갔지만, 더 늦기 전에 확실히 해둬야겠다는 생각이 들었다. 하지만 지지든 볶든 사람이 보여야 할 게 아닌가.

"서열을 정하려고?"

"어떻게 알았지?"

"어지간하면 그냥 넘어가지 그래."

"내가 왜?"

"말에 너무 집착하지 마. 알고 보면 괜찮은 친구야."

"말이 나왔으니까 말인데, 대체 뭘 하던 놈이야?"

법공이 엽무백의 곁으로 바짝 다가와 앉으며 말했다.

"살수라고 했잖아."

"그전에 말이야. 여동생은 뭐고, 요괴몽은 또 뭐야? 대체 과거가 뭐야?"

"궁금하면 직접 물어봐."

"사람이 보여야 물어보든지 말든지 하지!"

법공이 버럭 소리를 질렀다.

"그럼 다음에 물어보든가."

"가끔 느끼는 건데 내가 네 명령을 따르기로 했다고 날 너무 무시하는 것 같다. 솔직히 말해 좀 불쾌하다."

법공의 목소리가 전에 없이 진지해졌다.

"첫째, 널 무시한 적 없다. 네가 없었다면 나 혼자 여기까지 오는 동안 힘들었을 거야. 물론 없어도 오기는 왔겠지만. 둘째, 그의 과거는 아프다. 무척. 남이 함부로 말할 수 있는 과거가 아냐."

네가 없었다면 힘들었을 거라는 말 때문이었을까?

애써 무심한 표정을 짓지만 법공은 잔뜩 흥분했음이 분명했다. 희열에 가득 차 별처럼 반짝거리는 눈동자가 그걸 말해주었다.

그때쯤엔, 조원원과 진자강의 격돌이 더욱 격해졌다. 공방이 거듭될수록 금속성 역시 점점 강맹해졌다.

"젠장, 시끄러워 죽겠군."

법공이 투덜거리며 일어섰다.

"어딜 가?"

"고기를 보니 회가 동해서 말이지. 어디 굴러다니는 술병이나 있는지 한번 찾아보려고."

"전각이 모두 불타 기둥조차 사라졌는데 술이 있겠어? 제정신이야?"

"모르시는 말씀. 대저 좋은 술일수록 서늘한 땅속에 보관하는 법. 마교가 침공했는데 술병까지 챙겨서 튈 정신이 있었겠어? 운이 좋기만을 기대해. 말코들이 먹는 술 한번 마셔보자고. 큭큭큭."

법공이 히죽히죽 웃으며 어디론가 사라졌다.

엽무백은 멀어지는 법공의 뒷모습을 한참이나 응시했다.

어쩜 저렇게 하는 말마다 왈짜스러울까.

그럼에도 불구하고 방금 한 말은 이상하게 설득력이 있었다.

"이상하지 않아요?"

당소정이 말했다.

"뭐가 말이오?"

"십만 마교를 적으로 돌렸고 지금은 보이지 않지만 멀지 않은 곳에 적들이 우리를 에워싸고 있어요. 그런데 다들 너무 평온하잖아요."

"에라 모르겠다, 하는 심정인가 보지."

"다들 그 이유를 아는데 당신만 모르는 것 같군요."

"이유가 무엇이오?"

"당신 때문이죠. 당신의 그 여유로움이 우리를 안심시키고 있어요."

엽무백은 가볍게 웃고는 물었다.

"궁금하지 않소?"

"뭐가요?"

"내가 누군지."

"마교의 인물이라는 것쯤은 알고 있어요."

"더 궁금한 게 있잖소."

"어떻게 알았어요?"

"언제 물어볼까 줄곧 눈치만 보고 있었잖소."

"……."

당소정은 살짝 당황했다.

솔직히 말해 정말로 궁금한 게 한 가지 있었다.

십병귀라는 신분이 그의 전부가 아니라는 건 이미 짐작했다. 십병귀라는 이름만으로는 북천삼시를 끌어낼 수가 없다. 낮에 천망의 각주와 나누던 대화에서도 뭔가 다른 신분이 있다는 걸 짐작했다. 결정적으로 팔마궁의 인물이 오고 있단다.

이건 단순히 그동안 그가 보인 신위만으로 이끌어낼 수 있는 무력이 아니었다. 더 중요하고 감추어진 신분이 그에게 분명히 있었다.

당소정은 그게 궁금했다.

대체 그가 누구이기에 천제악과 만박노사가 이렇게 당황하고 있는 것일까?

"물으면 말해줄 건가요?"

"굳이 원한다면."

"좋아요. 그럼 묻겠어요. 팔마궁의 인물을 만나 무얼 하려는 거죠?"

"……?"

"대답해 준다고 하셨잖아요."

"방금 당신은 나를 알 기회를 놓쳤소."

"지금 제게 중요한 것은 당신이 누구인가 하는 것보다 팔마궁의 인물을 어떻게 상대할까 하는 것이에요."

"두렵소?"

"상대는 당금 강호에서 가장 강한 여덟 명 중 하나의 밀명을 받고 오는 자예요. 어쩌면 그 자신일 수도 있고요. 그들에게 대병력을 먹여 살릴 금력만 있었다면 교주의 권좌는 천제악이 아니라 팔마궁의 궁주 중 한 명이 차지했을 거예요."

당소정의 말은 사실이었다.

초공산은 팔마왕의 반역을 두려워한 나머지 여덟 개의 외궁을 지어주고 바깥에 머물게 했다.

그게 팔마궁의 시초다.

이어 초공산은 교주의 여덟 형제가 불편함이 있어서야 되겠느냐며 수궁을 위한 일천의 병력을 하사했는데, 이것이 그 유명한 '팔왕의 치' 다. 교주가 일천 병력을 하사했는데 왜 팔왕의 치라 불리는 걸까?

그건 강력한 경고였기 때문이다.

일천 이상의 병력을 거느리면 죽음을 면치 못할 것이라는 경고. 하지만 그것만으로 안심이 되지 않았던 초공산은 팔마궁으로 향하던 모든 자금의 흐름을 꺾어 신궁으로 향하게 함으로써 사실상 팔마궁을 고립시켜 버렸다. 팔마왕으로서는 가택연금을 당한 것이나 마찬가지였다.

이제 팔마궁의 궁주라 불리는 여덟 명의 마왕은 살아남기 위해서라도 납작 엎드릴 수밖에 없었다. 크게 수모를 느낀 그들은 복수를 위해 어둠 속에서 움직이기 시작했다.

팔마궁은 각자의 방식으로 은밀하게 자금원을 만들어냈고, 그것을 기반으로 보이지 않는 곳에서 병력을 길렀다.

마침내 그들은 교주의 권좌를 넘볼 정도로 충분한 병력을 소유하게 되었고, 지금에 와서 그건 더 이상 비밀이 아니었다.

문제는 그 힘이 신궁을 확실하게 쓰러뜨릴 만큼 커지지 않은 상태에서 초공산이 죽어버렸다는 것이다.

그 이면에 당시 칠공자였던 천제악과 만박노사가 있었다. 그들은 삼공자 장벽산을 무너뜨리기 위해 팔마궁에 손을 내밀었다.

장벽산보다는 칠공자를 다루기 쉽다고 판단한 팔마궁은 그 손을 잡았고, 마침내 장벽산을 죽이고 천제악을 권좌에 올리는 데 성공했다.

하지만 싸움은 이제부터였다.

"아는 게 많군."

"적을 알아야 했으니까요."

"많기는 하지만 정확하게는 모르고 있소."

"그게 무슨 뜻이죠?"

"내가 팔마궁을 상대하는 것이 아니라 그들이 나를 상대해야 할 것이오. 따라서 걱정 또한 당신이 아니라 팔마궁이 해야 하는 것이지."

"……!"

당소정의 두 눈이 튀어나올 듯 커졌다.

뭐 이런 광오한 말이 다 있나.

엽무백이 초절정의 고수라는 건 이미 뼛속까지 알고 있다. 황벽도와 매혈방, 철갑귀마대, 혈랑삼대를 차례로 궤멸시키고 북천삼시를 단칼에 쳐 죽이는 장면에서 그는 자신이 누구인가를 만천하에 똑똑히 각인시켰다.

하지만 팔마궁은 현 시대를 장악하고 있는 여덟 개의 힘이다. 오죽하면 그곳의 궁주들을 무신이라 부르겠는가. 한데 그런 자들조차도 자신을 어떻게 상대해야 할지 걱정해야 한다고?

그때였다.

도사들이 숨겨둔 술병을 찾겠다고 갔던 법공이 선불 맞은 멧돼지처럼 달려오고 있었다. 등에는 유지로 입구를 겹겹이 봉한 큰 항아리를 짊어졌는데 술이 출렁이다 못해 유지를 뚫고 넘쳐 나는데도 미친 듯이 달려왔다.

술을 여자보다 좋아하는 법공이 저렇게 다룰 정도면 뭔가 일이 벌어져도 단단히 벌어진 모양이었다.

지척에 이르자마자 법공은 숨도 돌리지 않고 말했다.

"다들 눈을 어디다 뜨고 다니는 거야!"

법공의 말에 무언가 짚이는 게 있는 조원원은 재빨리 십리경을 뽑아 들고 산자락을 살폈다. 산 아래로부터 무언가 꺼뭇꺼뭇한 것들이 보이기 시작했다. 동서남북 사방에서 산자락을 새까맣게 뒤덮으며 올라오는 저것은 분명 사람이었다.

"맙소사."

"이제 와서 맙소사는 무슨! 천주봉은 물론이고 운기봉 아래로 빠져나가는 길목까지 모두 봉쇄됐어. 젠장, 젠장, 젠장!"

법공이 말을 씹어 뱉었다.

"동생, 병력이 얼마나 되는 것 같아?"

당소정이 조원원에게 물었다.

"삼천? 사천? 모르겠어요. 계곡 건너편 숲에서 적들이 개미떼처럼 몰려나와 이곳으로 향하고 있어요. 아무래도… 여기서 끝장을 낼 심산인 것 같아요."

조원원의 한마디는 모두를 충격에 빠뜨렸다.

최소 삼천은 넘는다.

거기에 아직도 많은 적이 숲 속에서 튀어나와 천주봉으로 향하고 있다. 정도무림이 건재하던 시절 구대문파의 무인들을 한 명도 빠짐없이 한자리에 모아도 오천이 채 안 된다.

게다가 지금은 밤을 앞두고 있다.

깜깜한 밤중에 단 여섯 명이 좁은 봉우리로 진격해 오는 삼천여의 병력과 싸운다면 승부는 불을 보듯 뻔하다.

거기에 팔마궁에서 온다는 미지의 인물이 있다.

죽을 길은 백 가지인데 살아날 길은 한 가지도 보이지 않는다. 사람들은 앞이 캄캄해지는 것 같았다.

한데도 엽무백은 여전히 태연했다.

"그 와중에도 술은 챙겼네?"

"술을 가지고 나오다가 발견했어. 기왕 챙긴 건데 그럼 버려?"

"잘했어. 덕분에 체면은 차리겠어."

"뭐?"

엽무백이 당소정을 돌아보며 말을 이었다.

"손님이 될지, 적이 될지는 모르겠소. 어쨌든 나를 찾아온 사람이니 대접은 해야겠지. 술과 안주를 준비해 주겠소?"

이건 또 무슨 말인가.

어리둥절한 사람들을 뒤로하고 당소정이 말했다.

"알았어요."

폐허가 된 도관에 술상 따위가 있을 리 있나.

당소정은 모닥불 앞에 놓인 정체 모를 네모난 바위 위를 깨끗이 치우고 법공이 주워온 술잔과 역시 법공이 가져온 술 항아리를 올려놓았다. 마지막으로 가장 잘 익은 노루고기 몇 점을 잘라 깨끗한 나뭇잎을 깔고 그 위에 얹어놓는 것으로 상차림이 끝났다.

그는 해가 뉘엿뉘엿 지기 시작할 무렵 나타났다.

초로의 무장을 대동한 채 노을을 등지고 걸어오는 그의 모습은 매우 평범했다. 백의장삼에 문사풍의 청건을 썼는데, 눈처럼 깨끗한 피부와 맑은 안광이 무척이나 상대하기 까다로울 것 같은 인상을 주었다.

하지만 외형만으로는 설명이 안 되는 기도가 그에게는 있었다. 한 걸음 한 걸음을 옮겨 디딜 때마다 사람들은 흡사 예리한 칼끝이 다가오는 듯한 느낌을 받았다.

엽무백을 제외하고는 여기 있는 사람들 모두가 그를 오늘처음 보았다. 하지만 항간에 떠도는 팔마궁의 인물들에 대한 얘기를 귀가 따갑도록 들은 터라 누구인지 짐작하는 것은 어렵지 않았다.

"신기자⋯⋯!"

당소정의 입에서 나직하게 흘러나온 신음이었다.

팔마궁 중에서도 제일궁의 서열을 차지한 비마궁에서도 무소불위의 권력을 휘두른다는 두뇌집단 귀각의 각주 신기자가 바로 그였다.

제일궁이 가지는 의미는 각별하다.

이정갑은 팔마궁의 궁주들 중에서도 가장 무서운 무공과 다른 곳을 압도하는 자금력을 바탕으로 사실상 팔마궁의 수좌를 차지했다.

즉, 신기자는 비마궁뿐만이 아니라 다른 칠궁조차도 좌지우지할 정도의 실력자였던 것이다.

나타난 사람이 뜻밖의 거물인지라 사람들은 모두 경악했다.

잠시 좌우를 살피던 그의 시선이 엽무백에게서 멈췄다. 엽무백은 그때까지도 돌덩이에 앉아서 일어나질 않았다.

"차린 건 없지만 앉으시오."

"예를 갖춰라."

반백의 머리카락을 단정하게 틀어 올린 초로인이 말했다. 범을 연상시키는 강렬한 눈동자와 사위를 얼려 버릴 듯한 차가운 인상이 예사롭지 않은 인물임을 짐작케 했다.

냉면철담(冷面鐵胆) 이옥정이다.

별호와 달리 폭급한 성정의 소유자인 그는 비마궁 최고의 특무조인 잔살의 살주였다.

이정갑의 수족이 되지 않았다면 사루(四樓), 칠당(七堂), 육대(六隊)의 수장 중 한자리를 능히 차지하고도 남았을 초절정의 고수.

"비례에 대한 셈은 손님인지 적인지 판단한 연후에 치르지."

"신교의 교적에는 아직도 너의 이름이 마르지 않고 있다. 비마궁 역시 엄연한 신교의 한 축. 냉큼 일어나 예로써 맞이하라!"

"팔마궁의 권위가 무섭다면 혼마의 진전을 이은 제자들의 권위 또한 무겁지. 무맥의 정통성은 곧 교맥의 정통성. 혼세신교의 여덟 기둥을 이루는 외궁(外宮) 팔마궁의 궁주들조차도 신궁으로 들어서는 순간 성군(星君)들 앞에서는 머리를 조아려야 한다는 건 알고 있나?"

엽무백의 말투가 하대로 바뀌었다.

"교적에 아직도 내 이름이 남아 있다고? 그럼 나도 한 번 예를 따져보지. 이룡군으로서 명한다. 잔살의 살주와 귀각의 각주는 무릎을 꿇어 소군(小君)에 대한 예를 갖추라!"

엽무백의 서늘한 음성이 울려 퍼졌다.

조원원, 법공, 진자강은 심장이 철렁 내려앉는 것 같았다. 천하에 누가 감히 비마궁주의 사람들에게 무릎을 꿇으라고 강요할 수 있단 말인가.

이건 말이 안 된다.

그 와중에도 당소정은 보다 중차대한 사실에 주목했다. 엽무백의 입에서 흘러나온 이룡군과 소군이라는 단어가 그것이다.

신교에서 군(君)이라는 칭호를 받을 수 있는 사람은 죽은 초공산의 진전을 이은 적전제자들뿐이다.

실례로 삼공자 장벽산은 신룡군(神龍君)이라 불렸으며 지금은 교주가 된 칠공자 천제악은 창룡군(蒼龍君)이라 불렸다.

이들을 작은 주군이라는 뜻에서 통칭 소군이라 불렀다. 하지만 초공산의 진전을 이은 스물일곱의 제자 중 이룡군이라는 별호로 불린 자는 그 어디에도 없었다.

뒤늦게 뭔가 이상함을 알아차린 법공과 조원원의 얼굴도 샛노래졌다.

'설마……!'

"내 말을 듣지 못했나?"

엽무백의 거듭된 추궁에도 불구하고 신기자는 하등의 동요가 없었다. 마치 처음부터 엽무백의 이런 반응을 예상했다는 듯 가볍게 미소만 지었다.

그 모습이 마치 판을 벌여주고 그 스스로는 한 걸음 물러난 듯한 인상이었다. 이 모든 게 처음부터 계획된 도발이었던 것이다.

"노옴!"

이옥정이 노성을 터뜨리며 검파를 잡아갔다.

그와 동시에 법공, 조원원, 당소정, 진자강이 반사적으로 각자의 병장기를 뽑아 들었다. 그건 승부를 계산하지 않은 본능적인 움직임이었다. 한순간 살벌한 분위기가 연출되었다.

신기자가 한 손을 들어 이옥정의 행동을 제지했다. 이옥정이 수염을 부르르 떨며 반쯤 뽑았던 검을 도로 집어넣었다.

"너희도 물러나."

엽무백이 말했다.

사람들이 잠시 엽무백을 일별하고는 주춤주춤 병장기를 회수하기 시작했다.

신기자의 입이 드디어 열렸다.

"재미있군. 혼마의 제자가 정도무림의 영웅이 되어 있다니."

그 한마디에 당소정은 자신의 예상이 맞았음을 깨달았다. 조원원, 진자강, 법공도 크게 당황했다. 그들은 넋 나간 표정이 되어 엽무백을 바라보았다.

이게 다 무슨 말인가.

신교의 인물이라는 건 알고 있었지만 중원무림의 원흉이자 구주팔황과 사해오호를 정복한 초공산의 제자였을 줄

이야!

"이런, 동료들은 몰랐던 모양이군."

신기자가 말했다.

그가 잠시 사이를 두었다가 덧붙였다.

"중원 각처에서 너를 우러러보며 일어나는 정도무림의 잔당들도 그렇겠지?"

"이간계(離間計)를 쓰기엔 좀 늦었지 않나?"

"자신감이 대단하군."

"불은 이미 지펴졌고, 나를 대신할 사람은 얼마든지 있으니까."

"금사도에 있다는 그 무적의 고수를 말하는 것인가?"

"그도 대안이 될 수 있겠지."

"진정 금사도가 존재한다고 생각하나?"

"그렇다는 믿음으로 가고 있긴 하지."

"금사도까지 갈 기회가 있을 거라고 보나?"

"그건 내가 알아서 할 문제고. 일단 앉지그래?"

신기자가 장삼 자락을 젖히더니 당소정이 미리 마련해 둔 주춧돌 위에 앉았다. 엽무백이 반쯤 깨진 질그릇을 내민 후 술 항아리를 꺾었다.

돌돌돌.

"술잔이 이 모양이오. 이해하시오. 모두 당신들이 무당파를 쓸어버린 탓이니까."

신기자는 호기롭게 술잔을 비운 후 물었다.

"나를 보자 했다고?"

"비마궁주가 직접 올 줄 알았는데."

"너로 하여금 감히 나의 주군과 독대할 기회를 만들어줄 정도로 내가 어리석어 보였나?"

"그야 두고 보면 알겠지."

엽무백은 다시 자신의 잔에 술을 따르며 말했다.

"칠공자는 잘 있나?"

"말을 삼가라. 그는 이제 칠공자가 아니다."

"당신 역시 교주라고는 않는군."

"세 치 혀가 제법 매끄럽구나."

"자의로 온 건 아닐 테고, 비마궁이 나를 죽여서 얻는 게 무엇일까? 아니면 천제악에게 말 못할 약점이라도 잡혔나?"

"왜 자의가 아닐 거라고 생각하지?"

"내가 싸우면 싸울수록 신궁의 전력은 약화될 테고, 그럼 비마궁으로서는 손해날 게 없지. 그래서 여태 수수방관하고 있었던 것 아니었나?"

"정파무림의 발호는 우리에게도 위협이다."

"선후를 따져야지. 고래 싸움에 끼어들지 말고 기다렸다가 틈을 보는 건 어때? 내가 천제악을 무너뜨리고 나면 당신

들이 신궁을 차지하는 거지. 그런 연후에 천하를 놓고 싸우
자고."

"중원무림을 정복할 생각인가?"

"당신들은 생각하는 방식이 늘 그렇군."

"소군의 권위는 황자가 부럽지 않지. 그럼에도 신궁을 뛰
쳐나와 반기를 드는 너의 행동은 그것 외에는 설명되지 않는
다."

"난 단지 천제악과 당신들의 패망을 보고 싶을 뿐, 중원무
림은 예전의 주인들이 차지할 것이오."

"권력의 속성이란 제 핏줄도 보이지 않는 법이다. 비록 지
금은 저 멀리 있어 실감 나지 않겠지만 언젠가 때가 되어 그
권력이 한 걸음 앞까지 다가왔을 때, 너는 비로소 깊은 곳에
숨어 있던 너의 본성과 마주치게 될 것이다."

"명심하지. 그건 그렇고. 아직 내 질문에 답을 주지 않은
것 같은데."

"너를 먼저 죽이고 신궁과 싸우는 방법도 있지."

"거절이군. 후회하지 않겠어?"

"하하하!"

신기자가 갑자기 냉소를 터뜨렸다.

창백한 얼굴에 어울리지 않게 웅온한 내공이 산천초목을
진동시켰다.

곁에서 지켜보던 법공 등은 다시 한 번 가슴이 철렁 내려앉았다. 일개 지자에 불과한 줄 알았더니 엄청난 고수가 아닌가.

팔마궁주의 무공을 견식한 적 없지만, 이 정도면 그들과 어깨를 견줄 날도 머지않을 것 같았다.

신기자가 갑자기 웃음을 뚝 그치더니 말했다.

"이제 내가 찾아온 이유를 설명할 차례인가? 내가 네놈을 잡으러 간다고 했더니 벽력궁에서 귀한 선물을 내어주더군."

사람들은 깜짝 놀랐다.

제일궁인 비마궁에 이어 이궁의 서열을 차지한 벽력궁. 그 이름처럼 폭약을 무기로 사용하는 불의 문파다.

뭉뚱그려 폭약이라고 하지만 벽력궁의 장인들을 통해 전해오는 비전의 폭기(爆器)들은 강호인들에게 공포의 대상이었다.

그 어떤 고절한 무공을 지닌 자도, 그 어떤 막강한 대병력을 지닌 문파도 벽력궁의 폭기 앞에서는 무용지물이었다.

하지만 벽력궁이 제 위력을 발휘할 때는 따로 있었으니 그건 바로 대규모의 집단이 격돌하는 전장에서였다. 문파의 특성상 대량살상 무기를 다루기 때문이다.

벽력궁의 고수가 지나간 자리엔 풀 한 포기도 남지 않는다는 말이 그래서 생겨났다.

과장이 아니다.

지난날 정마대전 당시 벽력궁의 폭기 앞에서 제 실력을 발휘할 기회도 갖지 못한 채 속수무책으로 죽어간 정도무림의 절정고수들이 부지기수였다.

오죽하면 아미파의 해월신니가 벽력궁주를 죽이기 위해 홀로 장강을 넘고, 점창 제자 위진백이 문규를 깨면서까지 자신의 검을 녹여 해월신니에게 주었을까.

이 순간 왜 갑자기 벽력궁이 언급되는 걸까?

"이곳 금전을 중심으로 천주봉의 허리를 따라 화약 일만 근이 매설되어 있다. 너희가 금전을 한 걸음만 밖으로 나가도, 내가 신호를 주어도 천주봉이 날아가 버리지. 단언컨대 너희는 뼛가루조차 수습하지 못할 것이다."

금전이 자리한 천주봉은 봉우리 전체가 바위로 이루어진 데다 기둥처럼 우뚝 솟아 있어 일주청천(一柱擎天)이라고도 불린다.

그런 봉우리 허리에 화약 일만 근을 매설해 놓았단다. 평범한 화약도 일만 근이면 산정 하나를 날려 버릴 수 있거늘, 하물며 벽력궁에서 만든 화약이면 두말할 것도 없다.

단순히 화약을 매설해 둔 것일 리도 없다.

모든 폭발력과 화력이 금전으로 집중되도록 고도의 진(陣)

을 설계해 놓았을 것이다.

천붕대벽력진(天崩大霹靂陣), 추혼벽력진(追魂霹靂陣), 유성비폭진(流星飛爆陣)……. 도대체 어떤 것일까?

벽력궁에는 수많은 절진이 있고, 그중 어느 하나 만만한 것이 없었다.

매복이 없기에 안심했더니 이유가 있었다.

그토록 엄청난 양의 화약을 매설해 두었으니 매복을 모두 뺄밖에. 게다가 대별산에서 불로 공격을 했던지라 또다시 같은 작전을 쓸 줄은 꿈에도 몰랐다.

허허실실이란 이런 건가.

완벽하게 속았다.

사람들은 하얗게 질려 버렸다.

황망해진 사람들의 시선이 향한 곳은 당연히 엽무백이다. 매복이 있을지 모르니 우회를 하자고 그토록 주장을 했건만…….

"내가 금전으로 오를 줄 어떻게 알고?"

"경내의 모든 전각이 파괴되었고, 인원은 겨우 다섯이니 어차피 수성(守城)은 불가능할 터. 머리를 쓸 줄 아는 놈이라면 척후를 살필 수 있는 지형을 최우선으로 고려할 것이라 생각했지. 전후좌우 어디에서 적이 접근해 오더라도 알아차릴 수 있도록 무당파의 경내를 한눈에 조망할 수 있는 곳은 이곳 천주봉이 유일하다."

"과연 이정갑의 신망을 얻을 만하군."

"너는 내 손바닥을 벗어나지 못한다."

"그러게 말이오. 신기자가 이렇게 똑똑한 줄 알았으면 장벽산에게 진작에 죽이자고 했을걸."

그때쯤엔 금전에서 바라보이는 무당파 경내 곳곳으로 적들이 파도처럼 쏟아져 나오기 시작했다. 그들은 눈 깜짝할 사이에 천주봉으로 오르는 입구를 막아서 버렸다.

높다랗게 솟은 암봉인 탓에 천주봉은 나가는 길도 들어오는 길도 하나였다. 그 길을 막아버리면 탈출이 불가능한 것이다.

숫자는 앞서 보았던 대로 오천여 명, 그중 백여 명 정도가 전면으로 나서더니 제 키만 한 철궁에 화살을 재어 일제히 금전을 겨누었다.

처처처처처척!

혈랑삼대의 한 곳 비궁대(飛弓隊)다.

원거리에서 화살을 쏘아 적을 쓰러뜨리는 것이 장기인 탓에 대별산 죽림 전투에서도 비궁대의 피해는 크지 않았다.

단지 당엽이 그 빛살 같은 신법을 이용해 대주의 목을 뎅겅 쳐버렸을 뿐. 바로 그 비궁대의 궁수들이 죽은 대주의 복수를 위해 어금니를 깨물고 있었다.

폭발이 일어나면 저들이 철시를 일제히 쏘아댈 것이다. 폭발의 파편과 화마 속에서도 목숨을 부지할 길이 요원한데 화살비까지 날아들면 백 중 백 즉사를 면치 못할 것이다.

"묻겠다. 순순히 무릎을 꿇겠느냐? 아니면 이 자리에서 산 채로 화장을 당하겠느냐?"

신기자의 말투는 사뭇 위압적이었다.

"실망이군. 난 우리의 대화가 어긋나더라도 보다 무인다운 모습으로 승부를 볼 줄 알았는데."

"천주봉을 날려 버린 후에도 살아남는다면 기꺼이 내 손에 피를 묻혀주마."

"당신에게 가르침을 주기 위해서라도 살아남아야 하겠군."

"거절로 알겠다."

신기자는 미련없이 자리에서 일어났다.

법공 등은 간이 쪼그라드는 것 같았다.

신기자가 이대로 가버리면 모든 게 끝장이다.

그때 엽무백이 나직하게 물었다.

"폭약이 진짜 있기는 한가?"

서너 걸음을 옮기던 신기자가 우뚝 멈추었다.

"아무래도 믿어지지 않아서 말이야. 천주봉을 통째로 날려 버리려면 엄청난 양의 폭약이 있어야 할 텐데, 아무리 벽력궁이라고 해도 쉽게 내주지 않았을 것 같거든."

신기자는 엽무백이 자신의 말을 의심한다고 생각했다. 괜한 엄포가 아니냐는 것이다. 신기자는 훗 하고 실소를 흘리더니 이옥정을 향해 가볍게 고개를 끄덕였다.

이옥정이 팔뚝에 찬 소궁을 북쪽 하늘로 향하게 했다.

피우우웅!

작은 불화살이 긴 꼬리를 만들며 어둠이 내리기 직전의 하늘을 갈랐다. 신기자와 이옥정이 금전에 있으니 한꺼번에 폭발시킬 리는 없을 터, 살짝 위력만 보이라는 신호다.

당소정, 조원원, 법공, 진자강은 조마조마하게 기다렸다. 하지만 불화살이 산 아래로 사라지고 난 후에도 예상했던 폭발은 일어나지 않았다.

쥐 죽은 듯한 침묵이 흘렀다.

순간, 신기자와 이옥정의 얼굴에 당황한 기색이 어렸다.

"다시 하시오."

신기자의 입에서 노성이 터져 나왔다.

이옥정이 재빨리 화살을 다시 재어 쏘았다.

피우우웅!

훨씬 강렬한 불꽃이 하늘을 밝히며 서쪽 골짜기 아래로 사라졌다. 이번에도 아무런 일이 일어나지 않았다. 천주봉 아래에 모인 병력이 크게 동요하며 그 기척이 금전까지 전해졌다.

당황한 이옥정은 연거푸 화살을 재어 쏘았다.

대여섯 발의 불화살을 모두 소진하고 난 연후에도 신기자가 말한 폭발은 일어나지 않았다.

"뭐야, 사기였잖아!"

법공이 빽 소리를 질렀다.

第九章
엽무백의 반격

十兵鬼
섭병귀

"어떻게 된 것이오?"

신기자가 이옥정을 돌아보며 물었다.

"나도 영문을……!"

두 사람의 얼굴이 썩어 문드러진 건 당연했다.

그때 봉우리 아래에 있던 한 사람이 산정을 향해 나는 듯 달려왔다. 어피로 만든 갑옷을 전신에 두른 그는 벽력궁의 인물이었다. 필시 폭기를 다루는 전문가일 것이다.

그가 이옥정에게 시꺼먼 가죽끈을 내밀었다.

설묘서(雪墓鼠)라는 쥐의 내장에 화약을 다져 넣어 만든 일종의 도화선이다. 하지만 지금 사내가 내민 도화선은 끄트머리가 무언가 날카로운 것에 잘려 나간 상태였다.

"도화선은 죄다 잘려 있고 폭기들은 보이지가 않습니다."

"그게 무슨 미친 소린가!"

이옥정이 버럭 소리를 질렀다.

신기자의 얼굴에서 핏기가 사라졌다.

당했다는 걸 뒤늦게 알아차린 탓이다.

"혹시 이걸 두고 말하는 건가?"

엽무백이 모닥불에서 불타는 장작개비 하나를 집어 바깥으로 휙 던졌다. 그저 이물질 하나를 골라내는 듯한 가벼운 동작, 하지만 그 여파는 컸다.

장작개비는 포물선을 그리며 무려 오십여 장을 날아간 다음 골짜기 아래로 사라졌다.

그 순간, 오천여의 병력이 밀집해 있던 천주봉 기슭에서 신기자와 이옥정이 그토록 간절하게 기다리던 그 소리가 울렸다.

꾸앙!

귀청을 찢는 굉음과 함께 강렬한 섬광이 번쩍였다. 폭발의 진원을 중심으로 일대가 한순간 거대한 빛의 덩어리에 휩싸였다고 느끼는 순간, 산산이 부서진 바위의 파편들과 갈가리 찢긴 인체가 사방으로 비산하는 것이 보였다.

그건 차라리 장엄한 광경이었다.

꾸르르릉.

섬광이 사라지고 난 후에도 폭발의 여파는 한동안 지속되었다. 곳곳에서 불타는 나무들, 육신의 일부를 잃고 죽어가는 자들의 처절한 외침, 바람에 실려오는 매캐한 화약의 흔적이 먹먹한 고막과 함께 비현실적인 풍광이 되어 사람들의 눈에 들어왔다.

단 한 번의 폭발이 일으킨 위력은 실로 엄청났다. 얼핏 보기에도 백여 명이 넘는 사람들이 죽거나 죽어가고 있었다. 천주봉 아래 서쪽 길은 초토화가 되어버렸다.

진자강, 조원원, 당소정, 법공은 기가 차서 말이 나오지 않았다. 엽무백의 짓인 게 분명한데 뭐가 어떻게 된 영문인지를 알 수가 없었다.

"후퇴하라!"

"산을 벗어나라!"

발밑에 폭약이 매설되어 있다는 걸 뒤늦게 알아차린 백인장급 고수들이 찢어져라 외쳤다.

지금은 명령을 기다릴 때가 아니다.

어영부영하다가 제이, 제삼의 폭발이 일어나면 떼몰살을 당하기 십상이다. 산허리를 새까맣게 뒤덮고 있던 오천의 병력이 썰물처럼 내려가기 시작했다.

그때, 어디선가 지축을 울리며 다가오는 소리가 있었다. 천주봉을 마주하고 있는 옥녀봉의 왼쪽 골짜기 오른쪽 단애에서 횃불을 든 기마인들이 봇물처럼 쏟아졌다.

흡사 거대한 화룡 두 마리가 튀어나오는 듯 질주해 온 기마인들은 순식간에 천주봉으로 향하는 입구를 봉쇄해 버렸다.

그 숫자가 족히 오백여 명은 될 것 같았다.

오천여의 병력에 비하면 새 발의 피였지만 막아선 지형의 이점이 그것을 상쇄했다. 길은 외길, 낭떠러지를 방불케 하는 좌우의 가파른 경사는 백 명이 능히 천 명을 막아설 수 있는 지형이었다.

무서운 속도로 산허리를 빠져나가던 오천의 병력 중 선두에서 달리던 자들이 일제히 멈췄다. 그 바람에 후미에서 달리던 자들도 멈출 수밖에 없었다.

길을 막아선 오백의 기마인 중 한 사람이 말을 달려나왔다. 육 척 장신에 떡 벌어진 어깨를 지닌 그는 오 척 장검을 들고 나와 길 한복판을 막아섰다. 그 모습이 흡사 조조의 십만 대군을 맞아 장판교(長坂橋)에 버티고 선 장비를 연상시켰다.

그가 외쳤다.

"나는 무당 십칠대 제자 한백광이다. 본산의 제자가 건재하거늘 감히 누가 신성한 도관을 더럽히는가!"

쩌렁한 사자후가 초목을 흔들어댔다.

무당 십칠대 제자가 누구인지는 몰라도 한백광이 누구인지는 안다. 무당칠검의 맏이이자 태극검을 구성까지 익혔다는 초절정 고수.

　하지만 그게 끝이 아니었다.

　기마인들 중 대여섯 명이 더 달려나와 한백광의 좌우를 에워쌌다. 하나같이 출중한 기도에 중병을 든 그들은 금방이라도 산기슭을 향해 돌진할 기세였다.

　"한백광, 팽도굉, 남궁옥, 위상문, 구일청, 송백겸, 장기룡……. 그들이 병력을 이끌고 왔어요!"

　십리경으로 산 아래를 살피던 조원원이 소리를 질렀다. 그 사이 날은 이미 어두워졌지만 산자락 전체가 횃불로 장사진을 이룬 터라 사람을 알아보는 것은 어렵지 않았다.

　한 사람 한 사람 이름이 언급될 때마다 사람들은 가슴이 복받쳐 올랐다.

　저들은 이제 더 이상 한 사람의 무인일 수 없었다. 좋든 싫든 그들은 무당파를 대표하고, 하북팽가를 대표했으며, 남궁세가를 대표했다. 산서 비룡문, 광동 불이검문, 강서 성하장, 사천 백선곡도 있다.

　중원 곳곳에 흩어져 있던 정도무림의 잔존 세력이 하나로 뭉쳐 무당파로 달려왔다. 그리고 마교의 대병력을 맞아 첫 번째 싸움을 펼치려는 찰나였다.

"무슨 짓을 벌인 것이냐?"

신기자가 엽무백을 돌아보며 물었다.

낮은 음성이었지만 노기가 가득했다.

"금전 아래에 매설되어 있던 폭약을 봉우리 아래쪽으로 옮겨놓았지. 바로 당신이 끌고 온 병력이 서 있는 발아래."

"도대체 언제……!"

엽무백이 신기자를 응시했다.

입에서는 지금까지와 달리 서늘한 음성이 흘러나왔다.

"한 명이라도 자리를 이탈해도, 내가 신호를 주어도 천주봉 기슭은 불바다가 될 것이다. 단언컨대 오천의 병력 중 칠할은 뼛가루조차 수습하지 못할 것이다. 자, 이제 좀 더 대화를 해볼 용의가 있나?"

상황이 바뀌었다.

신기자, 이옥정, 그리고 폭기를 도둑맞았다는 소식을 전하기 위해 찾아온 사내의 얼굴이 하얗게 질렸다.

반면에 당소정, 조원원, 법공, 진자강의 얼굴엔 화색이 돌았다. 사람들의 반대에도 불구하고 무당산을 찾은 엽무백이 원망스럽기 짝이 없었는데, 그게 다 적들을 유인하기 위한 계책이었던 것이다.

그렇다면 누가 그 많은 폭약을 옮겼을까.

당엽이다.

일찌감치 무당산으로 와서 숨어 있다가 벽력궁의 무인들이 화기를 매설하는 장소를 똑똑히 보아두고는 그들이 매복의 흔적을 남기지 않기 위해 떠나는 순간 죄다 봉우리 아래로 옮겨놓은 것이다.

물론 이 모든 게 엽무백의 지시에 따른 것이었다.

엽무백은 눈 깜짝할 사이에 최악의 상황을 최선의 상황으로 만들어 버렸다.

"노옴······!"

대로한 이옥정이 검을 뽑아 들었다.

그 순간, 법공이 벼락처럼 튀어나오며 이옥정을 막아섰다.

"어딜!"

"법공, 저 늙은이는 잔살의 살주 이옥정이라고 한다. 소림의 숱한 고승이 저 늙은이가 이끄는 무리에게 죽임을 당했지. 한 번만 더 입을 놀리면 이 자리에서 쳐 죽여도 좋다. 뒷일은 내가 책임진다."

"염려 말라고. 내가 원래 뒷일은 생각 안 하는 사람이잖아."

법공이 쌍곤을 까딱거리며 이옥정을 노려보았다.

이옥정이 공격을 하려는 찰나 신기자가 나직하게 호통을 쳤다.

"물러나시오."

"각주……!'

"어서!'

이옥정이 뒤로 물러났다.

신기자는 이어 보고를 하러 올라온 사내에게 말했다.

"가서 따로 명령이 있기 전까진 한 발자국도 움직이지 말라고 전하라. 이는 비마궁주의 명령이다."

"알겠습니다."

사내가 봉우리 아래를 향해 쏜살같이 사라졌다.

신기자가 다시 자리에 앉으며 물었다.

"원하는 게 무엇이냐?'

엽무백은 빈 잔에 술을 채운 후 느긋하게 말을 이어갔다.

"말 일천 필과 도검 오천 정을 무당산 아래에 남겨두고 조용히 떠나라. 하면 수하들의 목숨은 살려주겠다."

봉우리 아래에는 최소 오천 명 이상의 병력이 포진해 있다. 그 많은 병력이 모두 걸어왔을 리 없으니 조장급 이상의 고수들이 타고 온 말이 최소 일천 필은 될 것이다.

다시 말해 말 일천 필과 도검 오천 정은 적들이 가져온 무장이다. 엽무백의 말은 무장을 해제한 채 조용히 떠나라는 것이다.

곁에서 지켜보고 있던 당소정 등은 가슴이 벅차올랐다. 엽무백이 왜 말과 도검을 구하려는 건지 알기 때문이다.

그가 무당산으로 적을 유인한 건, 추격자들을 물리치는 차원을 넘어 전쟁 물자를 탈취하려는 목적에서였다. 저 아래에 있는 한백광 일행이 그 물자의 주인이었다.

놀랍지 않은가.

어지간히 간담이 큰 사람도 목전의 전투에 급급하게 마련이다. 하지만 엽무백은 언제나 몇 수 앞을 내다보고 있었다.

사람들은 엽무백이 감탄스럽다 못해 두렵기까지 했다. 아무리 생각해도 이건 비범하다는 말로는 설명이 부족하다. 그 너머의 어떤 능력과 배포와 시각이 그에겐 있는 것 같았다.

'일대종사……!'

문득 당소정의 머릿속에 떠오른 생각이었다.

다시 신기자가 말했다.

"오천의 병력을 볼모로 잡혔지만 너는 아직 내 수중에 있다."

빈말이 아니다.

신기자는 장법의 대가이기도 하지만 만약의 경우를 위해 그의 몸 한 곳에 벽력궁의 가공할 병기를 숨겨왔다.

신기자가 내공을 이용, 폭기를 본격적으로 사용하게 되면 금전 하나쯤 불바다로 만드는 건 일도 아니었다.

엽무백은 이번에도 태연하게 응수했다.

"생전에 초공산이 내게 말했지. '팔마궁 중 내가 가장 두려워했던 곳이 어딘지 아느냐? 그건 바로 벽력궁이다. 폭기는 냄새도 없고 기척도 없지. 어느 날 내 곁을 지키던 수신호위 셋이 나를 껴안고 동시에 폭발을 해버린다면 나로서도 죽을 수밖에 없을 것이다.'"

신기자는 자신이 폭기를 지녔다는 걸 간단하게 간파당하자 매우 놀랐다.

"'하지만 그런 일은 없을 것이다. 내가 벽력궁의 모든 무학과 화공을 꿰뚫고 있기 때문이지. 충성이란 그런 것이다. 내게 힘이 있는 한 어떤 경우에도 상대가 나를 물어뜯지 못할 것이라는 믿음.'"

"혼원요상신공……!"

신기자의 입에서 나직한 신음이 흘러나왔다.

죽은 초공산은 평생 백여 종이 넘는 무공을 익혔다. 천하를 호령하는 교주가 하찮은 무공을 익혔을 리 있나. 하나같이 절세의 신공이다.

전체가 하나이면서 하나가 곧 전체인 이 광활한 무공류의 이름은 북천류(北天流), 그 중심에 혼원요상신공이 있었다.

고대로부터 기이한 존재들을 통해 이어져 왔다는 불사의 내공심법, 혼세신교가 탄생한 이후에는 오직 교주를 통해서만 구전되어 온 전설의 무학.

혼원요상신공을 대성으로 익힌다면 하늘 아래 그 어떤 병기나 물질로도 신체를 훼손할 수 없다. 혼원요상신공을 익힌 사람을 죽이는 방법은 오직 그가 늙어 병사하기만을 기다리는 것이다.

전전대 교주가 백오십 세라는 인간 한계를 넘어서까지 살다가 비로소 숨통이 끊어진 것도 바로 그 혼원요상신공을 익혔기 때문이다.

곧 제왕의 무학이다.

신기자의 머릿속에서 천둥 번개가 쳤다.

초공산은 권력에 대한 집착과 질투가 극심한 나머지 죽는 순간까지도 혼원요상신공을 스물일곱의 제자 중 누구에게도 전수하지 않았다.

그토록 총애를 받았던 삼공자 장벽산조차도 혼원요상신공의 구결은 듣지도 보지도 못했다. 초공산이 죽을 당시만 해도 권좌에서 가장 멀리 있었던 칠공자 천제악은 두말할 것도 없다.

그렇다.

초공산이 죽으면서 혼원요상신공은 맥이 끊어졌다.

이는 아주 극비에 해당하는 사안으로 그 사실을 아는 사람은 교에서도 백여 명이 채 되지 않았다. 모두가 함구하기로 합의를 보았기 때문이다.

이유는 명확하다.

누가 교주가 되었건 교맥의 정통성을 지켜야 하니까. 천제 악이 만장각에 틀어박혀 밤낮으로 무공기서들을 섭렵하는 것도 혼원요상신공을 대체할 수 있는 무학을 찾아내기 위해서였다.

"교주의 복심이 진정⋯ 너였단 말이냐?"

"그건 우발적인 사고였다."

"우발적인 사고?"

"설명하자면 복잡하지. 굳이 설명하고 싶은 생각도 없고."

엽무백은 이룡군, 즉 용이 되지 못한 이무기로 불렸다. 초공산으로부터 무예를 전수받되 정식 제자는 될 수 없기 때문이었다.

엽무백과 초공산의 관계를 어떻게 설명할 수 있을까? 그들은 사승이었고, 경쟁자였으며, 실험자와 피실험체였다.

초공산은 십만 교도를 이끄는 신(神)인 동시에 무공에 미친 한 사람의 광인(狂人)이었다. 엽무백의 자질을 한눈에 알아본 초공산은 무공광으로서는 욕심이 났고 그의 진신절기들을 아낌없이 전수해 주었다.

곧 사승관계다.

하지만 어느 날의 대련에서 엽무백이 오십여 초를 받아냈다. 그때까지 하늘 아래 초공산의 오십 초를 견딘 사람은 채 열 명이 안 되었다. 초공산은 경계하기 시작했다. 심지어 엽무백을 제거하려고까지 했다.

곧 경쟁관계다.

하지만 엽무백을 죽이러 갔다가 자신을 상대로 백여 초를 버티는 걸 본 초공산은 갈등에 갈등을 거듭하다 끝내 살려주었다. 운 좋게도 그날 그곳에서의 초공산은 교주가 아닌 무공광이었던 것이다.

그날 이후 초공산은 밤마다 찾아와 엽무백과 대련을 했고 그때마다 후회했다. 죽이려다 살려주고, 죽이려다 살려주기를 수십 번, 엽무백은 어느새 무적의 고수가 되어가고 있었다.

그러던 어느 날 초공산은 엽무백에게 괴이한 내공심결 한 자락을 가르쳐 주었다. 엽무백은 그것이 말로만 떠돌던 혼원요상신공이라는 걸 본능적으로 알아차렸다. 그 구결을 그대로 재현해 낸다면 그 자리에서 죽을 거라는 것도 알았다. 초공산이 자신을 살려두지 않을 테니까.

그래서 성취를 감추었다.

엽무백은 초공산이 왜 혼원요상신공의 구결을 자신에게 전수해 주는지 알고 있었다. 초공산은 혼원요상신공을 수련하던 중 어떤 큰 벽에 부딪혔고, 그 벽을 뚫기 위해 구결의 해석을 달리했다.

그것을 엽무백에게 실험해 본 것이다.

대저 신공일수록 주화입마의 위험 또한 크다.

더구나 혼원요상신공은 자연법칙을 벗어난 절세의 마공, 반드시 실험체가 필요했다.

그 어떤 선택의 여지도 없이 엽무백은 혼원요상신공을 익혔다. 그리고 연쇄반응처럼 주화입마에 걸려 죽어갔다.

주화입마에 걸린 실험체를 무엇에 쓰리오.

하지만 그냥 놔두기엔 찜찜했던지 초공산은 자객을 보내 화근을 없애려 했다. 그때 엽무백을 구해준 사람이 장벽산이었다. 무려 백 일 동안 사경을 헤맨 끝에 엽무백은 기적적으로 살아났다.

장벽산과 초공산이 죽고 난 후 이 긴 이야기의 전말을 아는 사람은 이제 당사자인 엽무백이 유일했다. 엽무백은 이런 사정을 일일이 말하고 싶지 않았다.

신기자는 놀라움에 할 말을 잊었다.

만약 엽무백이 혼원요상신공을 익힌 것이 사실이라면 신교가 발칵 뒤집히게 될 것이다. 이건 스물여덟 번째 제자가 존재한다는 것과는 차원이 다른 문제다.

천제악의 권위는 땅에 떨어질 것이며, 반대로 엽무백의 권위는 하늘을 찌를 것이다.

하지만 이 모든 것은 엽무백의 말이 사실이라는 전제하에서 성립된다.

신기자가 한 손을 쭉 뻗었다.

어느새 그의 손에는 싯누런 광채를 발하는 구체가 들려 있었다. 흡사 황옥처럼 투명한 이것은 벽력궁이 자랑하는 뇌화구(雷火球)다.

오래전 벽력궁의 무인 하나가 천산의 깊은 협곡에서 발견한 정체불명의 액상물질을 몇 가지 재료와 함께 응축해 반고체 형태로 만든 폭기.

뇌화구는 도화선이 필요없다.

바닥에 떨어지는 아주 작은 충격으로도 폭발한다.

일단 폭발하면 반경 이십여 장이 순식간에 불바다로 변하면서 그 공간 안에 있는 모든 물체가 화염 덩어리로 바뀐다.

폭발의 순간 액상의 화약으로 바뀐 물질이 사방으로 흩어져 아교처럼 달라붙기 때문이다. 신체 일부를 관통하고 마는 일반적인 폭기의 파편과 달리 뇌화구의 액상 파편은 무려 일다경 이상을 불타면서 사람을 통째로 화장시켜 버린다.

조원원 등은 황급히 뒤로 물러났다.

뭔지 모르지만 매우 위험한 물건이라는 걸 본능적으로 느꼈다.

"나는 눈으로 보지 않은 것은 믿지 않지. 내가 직접 실험을 해볼까? 아니면 처음부터 다시 얘기할까?"

신기자는 냉랭한 음성으로 물었다.

폭기는 사람을 가리지 않는다.

그럼에도 불구하고 저렇게 큰소리를 치는 것은 속에 어피(魚皮)로 만든 특수한 옷을 입고 있기 때문이다.

"조심해. 이곳에 사람이 나만 있는 게 아니니까."

엽무백은 깨진 술잔에 남은 술을 마지막으로 쭈욱 들이켜며 말했다.

그 순간, 신기자의 옷 속으로부터 알록달록한 실뱀 한 마리가 스르륵 기어나와 그의 목을 친친 휘감았다. 보기만 해도 독기가 짜르르 울리는 것이 필시 맹독을 지닌 독사이리라.

신기자의 표정이 흠칫 굳어졌다.

"칠보사(七步死)라고 해요. 조금이라도 움직이면 먹잇감으로 판단하고 물어버리죠. 물리면 딱 일곱 걸음을 떼는 순간 숨통이 끊어져요. 해독제는 흔하지만 해독을 할 시간이 없다는 게 문제죠."

당소정이 말했다.

담소를 나누듯 차분한 음성이었지만 담긴 내용은 실로 무시무시했다.

'언제……!'

신기자는 오만상을 찌푸렸다.

뱀이 몸을 기어 다니는데도 왜 눈치채지 못했을까?

피화복(避火服) 때문이다. 대왕 가오리의 껍질을 석청(石淸)에 두껍게 절여 만든 피화복은 천 가지 암기와 화염을 막는 공능이 있지만 동시에 피부의 감각을 둔하게 만드는 단점이 있다.

독사는 날카로운 송곳니를 드러낸 채 피화복의 보호를 받지 않는 목을 노리고 있었다. 어떻게 조종을 하는 건지 모르지만 당소정이 마음만 먹는다면 신기자는 죽을 수밖에 없었다.

"천천히 뇌화구를 내려놓아요."

다시 당소정이 말했다.

차분한 음성이 이상하게 위협스러웠다.

"원하는 게 무엇인가?"

신기자가 석상처럼 굳은 채로 물었다.

엽무백을 향한 질문이었다.

"다시 처음으로 돌아왔군. 기억력이 과히 좋은 편이 아닌 듯하여 한 번만 더 말해주겠다. 첫째, 내가 신교를 칠 때까지 팔마궁은 관여하지 말 것. 둘째, 말 일천 필과 도검 오천 정을 무당산 아래에 놓아두고 조용히 물러날 것."

"천주봉에 매설했던 벽력궁의 폭기만도 삼백 정이 넘는다. 그것들은 어찌할 작정이냐?"

"그것들은 이미 내 수중에 들어왔고."

엽무백의 뻔뻔한 대답에 신기자가 눈썹을 곤추세웠다. 그는 한동안 엽무백을 노려보다가 물었다.

"너는 그것들이 지닌 값어치를 아느냐?"

"내가 단지 말 일천 필과 도검 오천 정만을 노리고 당신을 이곳으로 유인한 것 같나?"

엽무백이 착 가라앉은 음성으로 반문했다.

신기자는 피가 거꾸로 솟구치는 듯한 분노를 느꼈다. 이번 작전은 변명의 여지가 없는 실패다. 놈이 대별산에서부터 열흘이 넘도록 직진만 한 것도, 다른 곳을 다 놔두고 굳이 이곳 천주봉에 모닥불을 피운 것도 모두 함정이다.

자신은 벽력궁까지 동원해 엄청난 물량과 인력을 투입한 반면, 놈은 간단한 속임수로 힘 하나 들이지 않고 자신들이 놓은 덫을 역이용해 버렸다. 만박노사와 쌍벽을 이룬다는 자신이 이토록 허무하게 당하다니.

"거절한다면?"

"비마궁주는 신기자라는 아까운 인재와 함께 전력의 삼 할을 잃겠지."

신기자는 갈등했다.

이중 삼중의 계획을 가지고 왔건만, 단 하나도 통하지 않았다. 이대로 물러가면 자신과 비마궁의 권위는 땅에 떨어질 것이다.

어떡해야 하는가.

조무래기 몇 명과 동귀어진 할 것인가.

아니면 이대로 물러나 후일을 기약할 것인가.

그때였다.

신기자의 목을 휘감고 있던 독사가 꿈틀거리기 시작하더니 청건 아래를 파고들어 갔다. 머리가 사라지고 몸통이 사라지더니 이내 꼬리까지 감췄다. 그러다 다시 반대편 쪽으로 기어나와 귀밑을 핥듯이 기어 다녔다.

가장 당황한 사람은 당소정이었다.

본시 칠보사는 따뜻한 곳에서 서식한다.

대별산의 죽림에 칠보사가 살 수 있었던 것도 땅 밑에서 올라오는 지열 때문이다.

애초 당소정은 신기자가 피화복을 입었다는 걸 알고 있었다. 피화복은 바깥의 화기를 차단하기도 하지만 내부의 온기를 차단하기도 한다.

따뜻한 곳을 좋아하는 칠보사의 습성상 신기자의 근처에 풀어놓기만 하면 몸을 타고 오르며 체온이 느껴지는 곳을 스스로 찾을 것이라 생각했다. 그게 바로 밖으로 노출된 목이었다.

예상은 적중했다.

한데 그 상황에서 신기자가 시간을 끄는 바람에 바깥의 찬

공기를 칠보사가 감지해 버렸다. 때는 겨울의 초입이고 천주봉 정상에는 상시 찬바람이 부니 칠보사가 좀 더 따뜻한 곳을 찾아 이동하는 것은 당연했다.

좌중이 찬물을 끼얹은 듯 고요해졌다.

칠보사의 행보에 따라 전세가 또다시 역전될 수도 있는 어이없는 상황. 사람들은 숨을 죽이고 칠보사의 행보에 신경을 곤두세웠다.

귀와 목덜미 아래를 몇 차례 핥던 칠보사는 이내 겉옷과 피화복 사이를 파고들 기미를 보였다. 맨살이 드러나지 않으면 칠보사의 효용은 끝난다.

칠보사의 효용이 끝나면 신기자는 다시 뇌화구를 들고 협박을 하려 들 것이다. 엽무백은 혼원요상신공을 익혔으니 상관없을지 몰라도 다른 사람은 다르다. 아쉬운 사람이 우물을 파는 법.

빗살이 허공을 갈랐다.

조원원은 하늘 아래 가장 빠른 유성하, 그 유성하 중에서도 순간적인 움직임에 최적의 수법인 강노지전을 발휘, 신기자의 손목을 후려 찼다.

칠보사의 대가리가 신기자의 옷 속으로 파고들기 직전이었다. 간발의 차이로 움직일 수 있게 된 신기자가 재빨리 손을 거둬들였지만 이미 늦었다.

퍽! 소리와 함께 신기자의 손목이 꺾였다.

동시에 뇌화구가 허공으로 일 장이나 솟구쳐 올랐다. 저 무시무시한 물건을 먼저 잡는 사람이 상황을 주도한다.

조원원이 바닥을 짧게 박차며 솟구쳤다.

신기자는 함께 치솟는 대신 왼손으로는 칠보사의 꼬리를 잡아 저 멀리 던져 버렸고, 오른손으로는 조원원의 옆구리를 향해 일장을 떨쳤다.

강렬한 장풍이 훅 밀려갔다.

장력을 느낀 조원원이 도약을 포기해도 좋고, 뇌화구를 취해 떨어지는 그녀를 쓰러뜨려 빼앗아도 좋다.

이른바 용의 옆구리를 쳐서 여의주를 토해내게 하는 것과도 같은 이치. 하지만 신기자가 쓰는 머리를 엽무백이 어찌 쓰지 못할까.

엽무백은 줄곧 술상으로 쓰던 석판을 신기자를 향해 뒤집어 던져 버렸다. 그 기세가 가히 태산이 날아가는 것 같았다. 일장으로 받아낼 수 있는 힘이 아니었다.

대경실색한 신기자는 좌장의 방향을 꺾음과 동시에 석판을 향해 쌍장을 뻗었다.

엽무백도 쌍장을 뻗었다.

떠엉!

허공에 뜬 석판을 가운데 두고 두 개의 장력이 격돌했다.

괴이한 굉음과 함께 천주봉 전체가 지진을 만난 것처럼 흔들렸다. 마땅히 박살이 났어야 하는 석판은 수인(手印)만이 선명하게 새겨졌을 뿐 멀쩡했다.

사람들은 몰랐지만 석판은 지난날 무당의 선인들이 이곳 금전에 올라 바둑을 두던 청동 바둑판으로, 녹이 슬고 이끼가 끼어 석판처럼 보일 뿐이었다.

하지만 지금은 그게 중요한 게 아니었다.

바둑판의 오른쪽, 즉 신기자가 내지른 쪽 수인이 싯누렇게 달아올라 있었다. 호신강기가 뿜어내는 기운이 아니다. 청동 바둑판이 용광로에서 꺼낸 쇳물처럼 정말로 싯누렇게 달아올라 있었다.

가공할 열기이지 않은가.

만약 저걸 사람이 맞았다면 스치기만 해도 오장육부가 익어버렸을 것이다. 일개 지자가 익힌 무공이라고 치부하기엔 너무나 강했다.

"열양신공(熱陽神功)? 이정갑이 큰 인심을 썼군."

엽무백의 말이었다.

빈말이 아니었다.

열양신공은 비마궁의 독문무공, 칠성까지만 익혀도 칠궁의 궁주들과 어깨를 나란히 할 수 있다. 이정갑은 지자를 거느렸던 게 아니라 아홉 번째 궁주를 키우고 있었던 것이다.

"진정 혼원요상신공을 익혔는지 보자!"

신기자가 외쳤다.

두 사람은 청동 바둑판을 가운데 두고 접장의 상태에서 그대로 멈췄다. 내력 대결로 들어간 것이다.

엽무백이 신기자를 향해 바둑판을 던졌을 때, 조원원은 신기자가 흘린 장력의 일부를 옆구리에 맞았다.

도약의 순간 그녀는 늑골이 부러지는 듯한 고통과 함께 중심을 잃을 수밖에 없었다. 아슬아슬하게 뇌화구를 취하는 데성공은 했지만 바닥을 데굴데굴 굴러서야 겨우 품 안에 든 뇌화구의 안전을 확인할 수 있었다.

그러고는 뇌화구를 안은 채로 그만 졸도해 버렸다.

한데 그녀가 굴러간 곳이 하필 이옥정의 발아래였다. 그때이옥정은 검을 뽑아 든 채 법공과 팽팽하게 대치하고 있었다.

딱 한 걸음만 움직이면 부상당한 조원원의 손목을 자르고뇌화구를 취할 수 있다. 반면, 법공에게 일초를 허락하게 될것이다.

위험을 무릅쓰고 뇌화구를 취할 것인가.

아니면 이대로 신기자와 엽무백의 대결을 지켜만 보다 멍청하게 물러날 것인가.

이옥정은 죽음보다 실패를 두려워하는 잔살의 살주, 그의 고민은 오래가지 않았다. 하지만 성격상 고민을 하지 못하는 사람도 있다.

"에따, 모르겠다!"

법공이 쌍곤을 쭉 뻗었다.

의도하지 않았지만 결과적으로 선수를 친 셈이었다.

깡! 까까까까까깡!

격렬한 첫 합에 이어 폭풍 같은 격돌이 벌어졌다.

귀청을 찢는 금속성과 폭죽처럼 터지는 불꽃이 싸움의 맹렬함을 알게 했다.

한 명은 비마궁 최강의 특무조라는 잔살의 살주, 한 명은 소림 십팔나한의 일인. 무당산 천주봉 정상에서 벌어진 두 사람의 격돌은 눈 깜짝할 사이에 오십여 합을 넘겨 버렸다.

그사이 진자강은 조원원을 안전한 곳으로 끌어다 놓았다. 승부가 쉽사리 날 것 같지 않다고 판단한 당소정은 암기를 손에 쥐고 법공을 도우려 했다. 법공이 버럭 소리만 지르지 않았다면 말이다.

"하지 마!"

일대일의 싸움에 관한 한 법공은 누구의 도움도 받고 싶어 하지 않았다. 그건 그의 자존심에 큰 상처를 남기는 일이었다. 당소정은 조용히 물러나 진자강과 함께 조원원의 부상을 살폈다.

법공과 이옥정이 맹렬한 혈투를 벌이는 사이 엽무백은 바둑판을 가운데 둔 채 신기자의 열양장을 담담히 받아내고 있었다.

혼원요상신공을 아직 대성하지 못한 엽무백의 입장에선 신기자의 열양장을 직접 맞는 것이 부담스럽다.

신기자 역시 뼈를 뚫고 침투해 오는 혼원요상신공의 격기로 말미암아 화정(火精)에 손상을 입을까 두려웠다.

화정은 신기자의 단전에 자리 잡은 불의 기운으로 열양장의 근간이 되며 모든 화기에 대한 가공할 내성을 지니게 해준다.

평생 불에 타 죽을 일은 없는 것이다.

이처럼 각자의 입장이 맞아떨어졌고, 두 사람은 무언의 약속을 한 상태에서 점점 더 깊은 내력 대결을 이어갔다.

묘한 일이 일어나고 있었다.

오백 근에 육박하는 쇳덩어리가 두 사람의 손바닥에 맞붙어 허공에 떠 있는 것만으로도 신기할 지경인데 한쪽은 전체가 시뻘겋게 달아오르고, 한쪽은 오히려 하얗게 서리가 꼈다.

두 개의 기운은 한 치의 물러남도 없이 팽팽하게 대치했다. 덕분에 냉기와 열기가 충돌하는 바둑판의 측면 가운데에서 수증기가 연기처럼 솟구쳤다.

냉기는 금속을 굳게 만들고 열기는 금속을 풀리게 만든다. 이 두 가지 다른 성질의 기운이 하나의 금속에서 충돌하면 무슨 일이 일어날까?

결과는 금방 나타났다.

찌저적… 콰앙!

금이 간다 싶은 순간 청동 바둑판이 박살이 났다. 차디찬 얼음 덩어리와 시뻘겋게 달아오른 쇳조각이 사방으로 비산했다.

신기자는 쉽게 포기하지 않았다.

반격을 가하기 위해 몸을 비트는 순간, 장창 한 자루가 그의 턱밑에 붙었다. 신기자의 신형이 그대로 멈추었다. 창간의 끄트머리는 당연하게도 엽무백이 쥐고 있었다.

"이 창두를 본 적 있나?"

눈을 아래로 깔아 창두를 살피던 신기자의 표정이 급격하게 굳었다.

어찌 모를 수 있겠는가.

천하의 모든 무인을 분석하는 것이 그의 임무고, 저 창두는 그가 지금까지 본 최고의 창술을 구가하던 자의 무기였거늘.

"제마십창(制魔十槍)……?"

"과연 신기자. 안목이 넓군."

"어찌하여 이게 네게 있는 거지?"

"이 창두에 창간을 이어준 이가 내게 그러더군. 이 병기에는 점창의 혼과 아미의 기개와 철기방의 땀이 함께 녹아 있다고, 그들의 염원을 담아 부디 금사도까지 무사히 가달라고. 이제 와 생각해 보니 아쉬운 대로 비마궁주의 수족이라도 죽여 그들에게 진 빚을 갚는 것도 나쁘지 않을 것 같군."

"……!"

엽무백을 바라보는 신기자의 눈동자에 격랑이 일었다. 엽무백은 지금 마지막 경고를 하고 있었다. 이대로 물러갈 것이냐? 아니면 목숨을 내놓을 것이냐?

그사이 법공과 이옥정의 대결은 점점 극단으로 치달았다. 두 사람 모두 불구대천의 원수를 만난 듯 폭풍처럼 달려들었다.

"천제악이 십만대성회(十万大聖會)를 소집했다. 머지않아 신교에 적을 둔 대륙의 모든 고수가 신궁으로 몰려들 것이다. 열흘을 주겠다. 열흘 동안 팔마궁은 그 어떤 싸움에도 관여하지 않겠다."

엽무백은 고개를 한차례 갸우뚱하며 말했다.

"비마궁주의 진언이 있었나?"

"사로잡지 못하면 두고 보라 하셨지."

"제법 판을 읽을 줄 아는군. 오래 살겠어."

신기자는 눈을 한차례 씰룩이더니 이옥정을 돌아보며 신

경질적으로 말했다.

"그만하시오."

이옥정이 법공의 곤을 힘차게 밀어내며 몸을 빼려 했다. 하필 그때, 법공은 곤 한 자루를 던져 준 후 무인이라면 이름을 언급하는 것만으로도 수치를 느낀다는 나려타곤(懶驢打滾)의 수법을 발휘, 이옥정의 안쪽을 파고드는 중이었다.

예상외로 길어진 싸움에 분통이 터져 저도 모르게 행동으로 옮긴 것인데, 이게 그만 승부를 가르는 중요한 변수가 되어버렸다.

이옥정의 검은 주인 잃은 곤만 헛되이 쳤다.

땅! 소리가 공허하게 울리는 순간, 법공은 이옥정의 발아래서 메뚜기처럼 솟구쳤다. 그리고 하나 남은 곤을 힘차게 휘둘렀다.

뻐억!

시원한 격타음과 함께 이옥정의 머리통이 휘청했다. 이옥정은 대여섯 걸음을 비틀거리며 물러난 끝에 털썩 무릎을 꿇었다.

그러곤 곧 앞으로 고꾸라졌다.

안면이 바닥과 충돌하는 순간 그의 머리통 주변으로 붉은 피가 홍건하게 흘러내렸다.

즉사였다.

"새끼, 까불고 있어."

법공이 손을 탈탈 털고는 땅에 떨어진 곤을 주워 들었다. 이어 뒤통수에 뜨거운 시선을 느끼고는 신기자를 홱 돌아보았다.

"왜? 뭐?"

신기자는 입술을 한차례 부르르 떨고는 홀로 금전을 내려갔다.

신기자가 사라지자 엽무백이 물었다.

"조원원은?"

"옆구리가 부러진 것 같아요."

진자강이 말했다.

"옆구리가 어떻게 부러지나."

"아, 갈비뼈요."

"몇 개나."

"몇 개나 부러졌어요?"

진자강이 당소정을 향해 물었다.

"몇 개까지는 아니고 하나가 금이 간 것 같아요. 문제는 그게 아니라 장력을 맞은 곳이 하필 양강혈(陽綱穴)이에요."

조원원의 부상을 살피던 당소정이 말했다.

양강혈은 등뼈 아래에서 좌우로 세 치 정도 바깥에 있는 우묵한 혈이다. 직격을 맞지 않는 한 목숨에 지장은 없다. 다만 순간적으로 정신을 잃고, 깨어난 후에도 한동안 삐딱한 자세가 된다는 게 문제일 뿐.

이는 어지간한 무인들도 잘 모르는 현상이다.

하물며 진자강은 말할 것도 없고, 혈도에 대한 조예가 상대적으로 낮은 법공은 어리둥절한 표정을 지었다.

"골절은?"

"부목을 대고 광목으로 압박하면 움직이는 데는 지장이 없을 거예요."

"수고 좀 해주시오."

"네."

엽무백은 모닥불에서 불타는 장작 두 개를 뽑아 허공으로 던졌다. 길을 터주라는 신호다. 장작은 기이한 소리를 내며 깜깜한 골짜기로 떨어졌다.

잠시 후, 길목을 막아선 한백광 일행이 썰물처럼 물러났다.

그들이 터준 길을 따라 오천여의 병력이 열을 지어 빠져나가기 시작했다. 그들은 천주봉의 입구에 이르러 약속이나 한 듯 도검을 한 곳에 내려놓았다. 터질 듯한 함성이 뒤를 이었다.

한백광이 이끌고 온 오백의 병력이 지르는 함성이었다.

第十章 무당산으로 모이다

곳곳에 모닥불이 놓이고 밥 짓는 연기가 피어올랐다. 사람들은 폭발로 죽은 말 일곱 필을 해체해 모닥불마다 구웠다.

법공은 몇몇 힘 좀 쓰게 생긴 자들을 끌고 가 초저녁에 보아두었던 무당파의 지하 술창고를 통째로 털어왔다.

무당산 천주봉 자락에 때아닌 잔치가 벌어졌다.

오백여 명이나 되는 사람이 한 곳에 둘러앉을 수 있나. 당연하게도 모닥불 하나를 두고 수십 명씩 듬성듬성 모여 앉아 술과 고기를 나눠 먹었다.

한쪽엔 비마궁의 무인들이 쓰던 질 좋은 도검 오천 정이 쌓여 있고, 다시 그로부터 멀지 않은 곳엔 역시 마교의 무인들이 타고 온 말 일천 필이 묶여 있었다.

피 한 방울 흘리지 않고 얻은 전리품들이다.

이 모든 게 엽무백이 행한 일이었다.

밤이 늦도록 사람들은 이 놀라운 기적에 대해 이야기꽃을 피우느라 시간 가는 줄 몰랐다.

법공은 사람들 사이를 오가며 말술을 마셨다.

옆구리에 부목을 댄 조원원은 삐딱하고 우스꽝스러운 모습으로 사람들에게 신기자로부터 뇌화구를 빼앗은 이야기를 들려주느라 정신이 없었다.

당소정과 진자강도 사람들에게 둘러싸여 일일이 인사를 주고받았다.

그들 네 사람은 정도무림을 대표하던 명문대파의 후예들이다. 사람들은 소림, 당문, 진가, 해월루의 후예가 생존해 있다는 것에 기뻐했고, 그들이 엽무백을 도와 마교를 경동시킨 것에 대해 입이 마르도록 칭찬했다.

그리고 엽무백과 함께 다닐 수 있는 걸 부러워했다.

특히 진자강의 인기가 높았다.

사람들은 진자강의 손을 붙잡고 네가 진정 패도의 혈육이냐며 묻고 또 물었다. 나이가 지긋한 몇몇 노강호는 남몰래 눈시울을 적시기도 했다. 사람들은 마지막까지 마교에 저항하던 패도의 의기를 잊지 않고 있었다.

"십 년 만입니다."

남궁옥이 말했다.

엽무백이 고개를 돌려 남궁옥을 바라보았다. 방금 한 말에 대한 설명을 요구하는 눈빛으로.

"이처럼 많은 정도 무림인들이 한자리에 모인 게 말입니다. 마치 그 옛날 정도무림이 건재하던 시절로 돌아간 것 같군요."

"싸움은 지금부터요."

"하지만 오늘 밤만큼은 마음껏 승리를 만끽하라고 하고 싶습니다. 너무나 오래만이거든요."

마교가 중원을 일통하고 정도 무림인들은 줄곧 쫓겨 다녔다. 삼삼오오 떼를 지어 저항하는 이들이 있기는 했으나 그건 미약한 저항에 불과했을 뿐, 이토록 대놓고 한자리에 모이거나 편안하게 술을 마신 적은 없다.

엽무백은 주변을 둘러보았다.

사람들은 그 옛날 강호를 자유롭게 주유하며 다른 문파의 무인들과 교분을 나누던 때처럼 인사를 나누고 있었다.

모르는 사이끼리는 통성명을 하고, 아는 사이끼리는 그동안 의 안부를 물었다. 아는 사람들은 또 다른 아는 사람들을 소개시켜 주었고, 그들이 또 다른 사람을, 또 다른 사람을······.

사람들은 하나가 되어가고 있었다.

한 사람이 엽무백에게 다가왔다.

외팔이에 옆구리를 붕대로 친친 감아놓은 초로의 노인이었다. 주위가 워낙 시끌벅적한 탓인지 초로인이 크게 소리를 질렀다.

"내 술 한 잔 받으시겠소이까?"

엽무백이 잔을 내밀었다.

초로인은 술을 따르며 연신 엽무백을 힐끔거렸다.

"허관길이라고 하오."

"엽무백입니다."

"알고 있소이다. 여기 있는 모두가 아는 걸 어찌 내가 모르겠소이까? 꼭 만나보고 싶었소."

"상처를 입은 것 같습니다만."

엽무백이 초로인의 헐렁한 왼쪽 소매를 보며 말했다. 친친 감은 붕대에 핏기가 비치는 것이 아직 상처가 아물지 않은 모양이었다.

"아, 이거? 별거 아니외다. 흑귀대의 고수 셋과 비마장의 무인 여덟을 베고 팔 하나를 잃었으니 이만하면 남는 장사를 한 셈이지요."

허관길이 좌우를 둘러보며 호탕하게 말했다.

여기저기서 껄껄 웃는 소리가 들려왔다.

엽무백도 가볍게 웃고는 술잔을 단숨에 비웠다.

허관길이 엽무백의 손에 들린 빈 술잔을 힐끔거렸다.

엽무백은 무슨 뜻인지 몰라 허관길을 빤히 바라보았다. 잠시 시간이 흐른 후, 허관길이 입술에 침을 바르며 말했다.

"실례가 되지 않는다면 이 늙은이도 한 잔 받을 수 있겠소?"

"……?"

"훗날 후학들을 만나면 이 몸이 엽 대협과 술을 주고받은 몸이라고 자랑 좀 할까 해서 말이외다."

얼핏 보아도 육순은 되어 보이는 노강호의 입에서 나온 말이라고 하기엔 너무나 생뚱맞았다.

엽무백이 앉은 모닥불 주변엔 줄곧 함께 행동했던 당소정, 조원원, 진자강, 법공, 당엽과 오백의 병력을 이끌고 달려와 준 남궁옥, 팽도굉 등의 수뇌부 이십여 명이 둘러앉아 있었다.

허관길의 말에 사람들이 여기저기서 웃음보를 터뜨렸다. 여기 모인 오백여 명 중에서도 원로에 해당하는 그가 저렇게 주책 맞은 소리를 하니 자신들이 다 민망해지는 것 같았다.

"대호문의 허관길 노협께서는 제게도 까마득한 노선배이시죠. 어렵게 청하시는 듯하니 한 잔 내려주십시오."

남궁옥이 예의 그 침착한 어조로 말했다.

엽무백이 남궁옥을 힐끗 돌아보았다.

이 인간은 또 왜 이러나?

한 잔 내려주라니.

남궁옥이 다시 한 번 고개를 끄덕였다.

엽무백이 당황한 듯하자 부담을 덜어주려는 것이다. 사실 엽무백으로서는 자신과 술을 주고받은 사실이 자랑이 되는 상황이 영 어색하고 불편하기만 했다.

엽무백이 술잔을 건네주고 대신 호리병을 받아 쥐었다. 호리병을 술잔에 대고 기울이자 맑은 술이 돌돌 흘러내렸다. 이윽고 술잔이 가득 차자 허관길은 감개무량한 표정으로 술잔을 입안에 탁 털어 넣었다.

"크아. 좋다."

법공이 지하창고에서 가져온 술 항아리는 겨우 십여 개에 불과했다. 사람이 오백 명인데 그걸 누구 코에 붙이나. 해서 법공은 물을 잔뜩 길어와 술 항아리에 탔고, 애초 열 동이였던 것을 오십 동이로 바꿔놓았다.

다시 말해 술 일 할에 물 구 할을 섞은, 말만 술이지 사실은 술 냄새가 도는 물이었다.

그게 좋으면 얼마나 좋을 것인가.

허관길의 과장된 동작과 감탄에 여기저기서 와자지껄한

웃음보가 터졌다. 한데 이어지는 허관길의 행동이 이상했다. 그는 술잔을 탈탈 털더니 돌연 엽무백을 향해 지극히 공손한 태도로 포권지례를 했다.

"영광이었소이다."

그러고는 조용히 사라지는 것이 아닌가.

그 순간 시끌벅적하던 좌중이 찬물을 끼얹은 듯 고요해졌다. 허관길이 목소리를 높인 탓도 있었지만 각자가 이야기꽃을 피우는 와중에도 사람들의 신경이 온통 엽무백을 향해 있었기 때문이다.

엽무백은 어안이 벙벙했다.

허관길이 그렇게까지 자신을 낮추고 감격해할 줄 몰랐던 수뇌부도 다들 어리둥절한 분위기였다. 그리고 잠시 후, 좌중에 기이한 공기가 흐르기 시작했다.

천주봉 자락 곳곳에 퍼져 있던 모닥불 주변에서 사람들이 하나둘씩 일어났다. 그들은 저마다 술잔과 술병을 들고 엽무백을 찾아왔다. 그 숫자가 점점 늘어나더니 급기야 법공이 나서서 줄을 세우는 촌극까지 벌어졌다.

당연하게도 엽무백에게 술을 한 잔 주고, 자신도 한 잔 받기 위해서였다. 저들 모두가 주는 술을 마시면 취하기도 전에 배가 터져 죽을 것 같았다.

당황한 엽무백이 자리를 박차고 일어나려 했다.

순간, 남궁옥이 엽무백의 소맷자락을 잡아당겼다.

"사람들이 엽 대협을 중심으로 뭉치고 있습니다. 이 기회를 놓치면 안 됩니다."

"무슨 뜻이오?"

"사기를 높일 수 있는 절호의 기회입니다."

"술 한 잔에 너무 많은 의미를 부여하는구려."

"아직도 모르시겠습니까? 허 노선배께서 우리에게 큰 선물을 주었습니다. 번거롭더라도 원하는 사람은 누구에게나 술을 따라주십시오. 후일 그들은 엽 대협의 한마디라면 목숨까지 거는 용맹한 전사가 될 것입니다."

이 모든 게 허관길이 의도한 것이라고?

엽무백은 재빨리 허관길이 사라진 방향으로 시선을 던졌다. 하지만 그는 이미 줄지어 늘어선 사람들 사이로 사라지고 없었다.

'허 참, 추레하게 생긴 늙은이가 힘 하나 안 들이고 사람을 잡네.'

왕이 공(功)을 세운 신하에게 그 공로를 치하하기 위해 술을 내리는 것을 사주(賜酒)라고 한다. 천주봉 자락에서 펼쳐진 괴이한 사주식은 밤이 늦도록 이어졌다.

사람들이 주는 술을 한 잔씩만 마셔도 무려 오백 잔이다.

인간의 위장이 오백 잔의 술을 담을 수 있을까?

있다.

엽무백이 그것을 증명했다.

일다경에 한 번씩 오줌보를 비우고 돌아와 또 마시고, 또 오줌보를 비우고, 또 마시고…… 그렇게 오백 잔을 모두 마셔갈 무렵 시간은 해(亥)시를 지나 삼경으로 접어들고 있었다.

그때 척후를 살피러 나갔던 사람들 중 일부가 다급히 돌아왔다. 하나같이 매우 긴장된 표정들이었다.

"남쪽에서 정체를 알 수 없는 사람들이 무장을 한 채 달려오고 있습니다. 숫자는 백여 명, 좀 전에 일주문을 통과했습니다."

"동쪽 옥녀봉 뒤편 단애 사이로 난 소로를 통해서도 다섯 명의 괴인이 달려오고 있습니다. 신법이 예사롭지 않은 것으로 보아 하나같이 일신에 대단한 무위를 지닌 고수들인 것 같습니다."

때아닌 괴인들의 등장에 사람들이 술을 먹다 말고 일제히 도검을 꼬나 쥐었다. 그러곤 누가 시키지도 않았는데 엽무백과 일행을 중심으로 오백여 명이 동참하는 검진이 만들어졌다.

"……!"

엽무백은 그저 얼떨떨했다.

먼저 도착한 것은 일주문을 통과했다는 자들이었다. 그들은 사람들이 모여 있는 곳에 이르러 갑자기 걸음을 멈추었다. 어둠 속에서 한 사람이 앞으로 걸어나와 큰 소리로 외쳤다.

"이거 우리가 한발 늦은 모양이군!"

"한발이 아니라 두 발 늦었다, 이놈들아. 머리통을 날려 버리기 전에 도검을 내려놓고 썩 물러가지 못할까!"

법공이 쌍곤을 꼬나 쥐고 버럭 소리를 질렀다.

술도 알딸딸하게 취했겠다, 무서운 게 없었다.

"그렇게 말하는 귀하는 소림의 법공이라는 화상이 아니신지?"

"이상하다. 목소리가 낯이 익은데. 어이, 누구 저쪽으로 횃불 좀 던져 봐."

법공의 말이 떨어지기 무섭게 십여 개의 횃불이 포물선을 그리며 날아갔다. 괴인이 손을 쭉 뻗어 그중 하나를 낚아챘다.

그러자 괴인의 용모가 환하게 드러났다.

머리카락은 풀어져 산발이 따로 없고 누덕누덕 기운 옷은 언제 빨았는지 모를 정도로 추레한 장년의 거지가 거기 서 있었다.

장년 거지의 뒤에는 역시나 비슷한 복장에 궁기가 좔좔 흐르는 거지 떼가 열심히 뛰어왔더니 배가 고파 죽겠다는 얼굴로 서 있었다.

법공의 눈이 튀어나올 듯 커졌다.

"저, 저 거지가 아직도 안 죽었네."

"중도 탁발로 연명하는데 구걸을 업으로 하는 거지가 죽어서야 쓰나. 오랜만이오, 법공."

"칠성개(七星丐) 신지화다!"

"칠성개가 개방도를 이끌고 왔다."

"와아아!"

산허리가 떠나갈 듯한 함성이 울려 퍼졌다.

마교가 중원무림을 굴복시키고 수천의 문파로부터 항복을 받거나 궤멸을 시켰으나 끝내 항복도 궤멸도 시키지 못한 문파가 하나 있었다.

바로 개방이다.

정마대전이 벌어졌을 당시 개방도 큰 피해를 보았다. 방주와 팔 인의 장로를 비롯해 수백 명의 고수가 죽었으며 하남 개봉부(開封府)와 중원 십팔만 리에 퍼져 있던 수백의 분타가 불바다로 변했다.

하지만 거기까지였다.

살아남은 거지들은 개방도를 상징하는 매듭을 버렸고, 뿔뿔이 흩어졌다. 그들은 심산으로 숨어들지도 않았다. 신분을 감추지도 않았다.

　중원 전역에 거지 없는 곳이 없고, 죽여도 죽여도 생겨나는 것 또한 거지인지라 마교도 개방만큼은 어찌해 볼 생각을 못했다.

　칠성개 신지화는 그렇게 살아남은 개방도 중 하나였다. 동시에 전대 개방주인 취야행(醉夜行)에 의해 후개로 지목된 기재였다.

　법공은 탁발을 하던 중에 칠성개와 인연을 맺었다.

　그때 법공은 강호를 떠돌며 천일수행을 하고 있었다. 백팔나한이 되기 위해서는 누구나 거쳐야 하는 일종의 수업인데, 어느 해인가 하남의 어느 도시에서 아주 고약한 일을 당했다.

　낯모르는 집의 문을 두들겨 일단 염불을 외는데 사람마다 방금 먹성 좋은 거지가 다녀가서 식은 밥이 없다고 했다.

　밥이 없으면 쌀도 좋다고, 원래 탁발은 쌀을 구하는 것이라고 해도 사람들은 막무가내였다. 대체 거지와 중이 무슨 상관이냐고 했더니 이런 대답이 돌아왔다.

　"이놈아, 일하기 싫으면 차라리 구걸을 해. 괜히 스님 흉내 내면서 사기를 치지 말고. 염불도 제대로 못 외우는 게 무슨!"

　그러고는 문을 쾅 닫아버렸다.

　알고 보니 그 마을이 하필이면 대대로 불심이 깊은 마을이었고, 밭 가는 아낙들도 불경 몇 개는 우습게 외웠다. 반면 법공은 불제자이면서도 불경을 외우는 데는 젬병이었다.

꾀죄죄한 몰골에 불경은 제대로 외우지도 못해, 인상은 노상강도보다 흉악해, 사람들이 불제자로 봐줄 리가 없었다.

이쯤 되고 보니 법공은 앞서 식은 밥을 걷어갔다는 거지의 상판이 궁금해졌다. 해서 거지의 동선을 파악한 다음 한발 앞서 가서 기다렸다.

그리고 칠성개를 만났다.

두 사람은 딱히 이유도 없이 한바탕 드잡이질을 했다. 그리고 반나절이 지나 아버지가 누군지 모르는 개를 한 마리 잡아다가 계곡에서 함께 구워 먹었다.

그날 이후 두 사람은 벗이 되었다.

"오랜만은 개뿔……."

말은 그렇게 했지만 법공의 눈동자가 촉촉해졌다.

성큼성큼 걸어오는 칠성개의 두 눈에도 물기가 비쳤다. 십 년이 넘도록 소식을 모르다가 다시 만났으니 어찌 반갑지 않을 것인가.

그때였다.

"하하하. 중과 거지가 모였으니 이제 도사만 오면 구색이 맞으려나?"

느닷없이 들리는 광소에 사람들이 일제히 소리가 난 곳으로 고개를 돌렸다.

천주봉과 마주 보고 있는 옥녀봉의 단애에 다섯 명의 괴인이 서 있었다. 그들은 좌중을 쓸어보더니 갑자기 까마득한 아래로 신형을 던졌다.

좌중이 크게 술렁였다.

첫 번째는 그들의 무모함 때문이고, 두 번째는 신법 때문이다.

무려 삼십여 장이 넘는 낭떠러지를 깃털처럼 떨어져 내리는 신법은 분명 청성(靑城)의 경신공이었다.

청성의 부운약표(浮雲躍飄)가 아니면 저만한 높이에서 저렇게 가벼운 몸놀림으로 낙하할 수 없다.

괴인들은 눈 깜짝할 사이에 광장의 정중앙에 떨어져 내렸다. 호리호리한 체격에 정광이 번뜩이는 중년인이 좌중을 돌아보며 말했다.

"청성 십삼대 제자 청명(淸明)이오."

"청성오검(靑城五劍)!"

"청성오검이 나타났다!"

"와아!"

또다시 함성이 터졌다.

명문대파 중 어느 곳이 그렇지 않으랴만, 청성 역시 무수한 절기와 비공을 품은 곳이다. 멸문을 당하기 직전 청성에서는 훗날을 기약해 반드시 이어야 할 본산의 무학 오십 종을 추렸고, 다시 그것을 극성으로 익힌 기재 다섯을 선발했다.

그리고 장문인과 장로들을 포함한 본산의 제자들이 온몸으로 마교에 저항하는 사이 그들 다섯에게 살길을 열어주었다.

후일 그들 다섯은 신출귀몰한 신법과 뛰어난 검법으로 중원 전역을 돌며 매혼문을 기습하고 마교의 고수들을 척살했다.

그들이 바로 청성오검이었다.

칠성개가 개방도 일백을 이끌고 온 데 이어 청성오검까지 나타났다. 필시 남궁옥이 이끄는 비선으로부터 무당산에서 큰 전투가 벌어진다는 소식을 듣고 온 것이리라.

비록 한발 늦기는 했지만 두 거파 무인들의 등장은 그렇지 않아도 사기충천한 사람들에게 기름을 끼얹은 것과도 같았다.

"거지도 좋고, 말코도 좋지. 술과 고기가 잔뜩 있으니 오늘밤은 마음껏 취해보자고. 그전에 먼저 소개해 줄 사람이……어디 갔지?"

무심코 엽무백을 돌아보던 법공의 눈이 휘둥그레졌다. 좀 전까지만 해도 올챙이처럼 배가 불어 있던 엽무백이 흔적도 없이 사라졌기 때문이다.

　　　　　*　　　*　　　*

　천주봉 정상의 금전으로 도망쳐 온 엽무백은 비로소 숨을
크게 들이쉴 수 있었다. 오줌보가 터져 나갈 것 같은 고통은
차치하고서라도 취기 때문에 머리가 아파 견딜 수가 없었다.

　중간중간 내공을 끌어올려 주독을 다스리기는 했지만 쉬
지 않고 들입다 붓는 데에야 제아무리 엽무백이라고 해도 견
뎌낼 재간이 없었다.

　운공을 통해 남은 주독을 몰아낼 요량으로 찾아온 금전에
는 이미 앞선 손님이 있었다.

　한백광이었다.

　그는 금전의 가장자리에 홀로 서서 무당파 경내를 바라보
고 있었다. 아까부터 보이지 않더라니 여기에 와 있었던 모양
이다.

　"청성오검과 후개가 왔더군."

　"알고 있습니다."

　한백광이 잠시 사이를 두었다가 말했다.

　"이럴 줄 알았으면 파양호에서 굳이 금사도와 관련한 기록
을 드리지 않아도 되었을 것을 그랬습니다."

　한백광은 금사도의 가장 가까운 곳까지 다녀온 사람이다.
파양호에서 한백광과 헤어지기 직전 엽무백은 그로부터 금사

도와 관련된 기록을 건네받았다.

"앞일은 모르는 거니까. 무당산에서 비마궁과 조우하는 것도 예정에 없던 일이었고."

"병기와 말은 요긴하게 쓰겠습니다. 덕분에 큰 시름을 덜었습니다. 한데, 우리에게 병장기와 말이 필요하다는 건 어떻게 알았습니까?"

"병기를 소지하는 것이 목숨을 거는 일이 된 지 십 년이오. 질 좋은 도검이 부족할 것은 자명한 것. 다수의 적을 상대하려면 치고 빠지는 기습전을 펼쳐야 할 테니 마필이 필요한 것도 당연하지."

한백광은 저도 모르게 고개를 끄덕였다.

그리고 한편으로는 크게 감탄했다.

구름처럼 몰려오는 적들을 뚫고 나가기도 바쁜 터에 다른 사람의 사정까지 헤아려 도울 방법을 찾고 있었다니. 엽무백과 자신은 애초부터 그리는 그림이 다르다는 생각이 들었다.

"쓸쓸해 보이는군."

엽무백이 말했다.

잠시 어색한 침묵이 흐른 끝에 한백광이 입을 열었다.

"이십육 년 전 마차에 깔려 죽어가던 일곱 살 고아 소년은 이름 모를 노인의 손에 이끌려 이곳으로 들어왔지요. 자신을 데려온 노인이 이름만으로도 흉신악살들을 벌벌 떨게 만든다는 청허자(晴虛子)라는 도사이고, 자신이 이끌려 온 무당파라는 도관이 소림과 쌍벽을 이루는 무림의 태산북두라는 걸 안건 그로부터 삼 년이 지난 후였습니다."

무당의 제자들은 입문을 하게 되면 삼 년 동안 본산 밖으로 나가는 걸 허락하지 않는다. 한백광의 경우 무림이 무엇인지도 모르는 나이에 입문했으니 자신이 몸담은 무당파가 얼마나 대단한 곳인지 몰랐을 수도 있다.

"그때부터 무공을 익혔습니다. 저도 사부님처럼 훌륭한 사람이 되고 싶었죠. 새벽별을 보고 일어나 저녁별을 볼 때까지 몸에서는 모래주머니가 떨어지는 법이 없었고 손은 검을 놓아본 적이 없습니다."

문득 황벽도에 있을 때가 생각났다.

엽무백도 그때는 새벽별을 보고 끌려가서 저녁별을 보고서야 돌아오곤 했다.

"힘들었겠군."

"힘들지 않았습니다."

"……?"

"다시 그때로 돌아갈 수만 있다면 영혼이라도 팔 수 있을 것 같습니다."

"모두가 그럴 거예요."

가늘고 작은 목소리가 불쑥 끼어들었다.

소리가 난 쪽을 돌아보니 금전의 왼쪽 처마 아래에 한 사람이 등을 기대고 앉아 술을 마시고 있었다.

당소정이었다.

엽무백은 당황했다.

평생 십 장 안의 기척을 놓쳐 본 적이 없거늘, 지척에 사람이 있는데도 알아차리지 못했다. 만약 자신을 노리고 온 살수였다면 크게 위험할 뻔했다.

한데 금전에 있는 사람은 당소정만이 아니었다.

작정을 하고 살펴보니 지붕 위에는 웬 희끄무레한 그림자가 앉아 있었다. 다시 한 번 자세히 보니 은신술을 펼친 당엽이었다.

"거기서 뭐 해?"

"엽 형을 그림자처럼 호위하라고 합디다."

"누가?"

"……."

"누가아?"

"조 소저가요."

"조 소저라면 조원원이?"

"……."

엽무백은 살짝 눈매를 좁혔다.

자신을 제외하면 당엽은 누구로부터 명령을 받을 위인이

아니었다. 고집이 황소보다 세고 자존심 강하기로는 오뉴월 새색시 같은 그가 아닌가.

"조원원을 마음에 두고 있어?"

"넘겨짚지 마십시오."

"그런데 왜?"

"계속 닦달을 했습니다."

"여자가 닦달한다고 들어?"

"달리 할 일도 없었고요."

지금 천주봉 자락에 모인 사람들은 모두 정도무림의 생존 자들이다. 백골총의 살수로, 마교의 칼로 한 세월을 살았던 당엽이 저들과 어울리기 껄끄러울 법도 했다.

하지만 그게 전부가 아님을 엽무백은 알 수 있었다. 굳이 말을 하자면 당엽은 조원원의 요청이 없었었어도 자신을 호 위했을 것이다.

그는 살수 비기를 익힌 냉정한 판단력의 소유자였고, 모두 가 승리에 도취한 지금이 얼마나 위험한 상황인지 잘 알고 있 었다.

그럼에도 불구하고 조원원 핑계를 대는 것은 그녀의 한마 디가 분명 큰 역할을 하긴 했기 때문이다.

무언가 있다.

하지만 지금은 그걸 따질 계제가 아니었다.

"온 김에 호법이나 좀 서."

말이 끝나기 무섭게 엽무백은 가부좌를 틀었다.

곧 운공이 시작되었다.

취한 상태로 지내는 것은 매우 위험하다.

지금도 무당산 곳곳에선 천망의 유령들이 숨어서 자신을 지켜보고 있을 것이다. 술에 취했다는 걸 알고 기습을 하면 큰 낭패를 보게 된다.

조원원이 당엽을 닦달한 것도 그 사정을 알기 때문이다. 귀여운 여자가 아닌가. 술을 마시는 와중에도 엽무백의 안위에 대한 생각을 떨치지 않았다니.

第十一章 통과의례

十兵鬼
십병귀

엽무백이 운공을 끝냈을 때는 축(丑)시로 접어들 무렵이었
다. 엽무백이 등장하자 천주봉 자락에 모여 있던 사람들이 일
제히 자리에서 일어났다.

분위기가 어딘지 모르게 어수선했다.

엽무백을 보는 사람들의 시선도 달라진 것 같다.

불과 한 시진 전만 해도 호의와 경외감이 가득했는데 지금
은 경계하고 있다. 어떤 자들은 노골적인 적의까지 드러냈다.

"무슨 일이지?"

엽무백이 앞뒤 꼭지 몽땅 생략하고 물었다.

"법공이 술에 취해 횡설수설하다가 나와 엽 형의 정체를 발설했소. 나는 마교의 주구 노릇을 하던 백골총의 악명 높은 살인마고, 엽 형은 죽은 마교주의 제자가 확실하다고. 당소정과 조원원이 서둘러 입막음을 하려 했지만 이미 늦었소."

당엽이 말했다.

엽무백은 그제야 자신을 바라보는 사람들의 눈빛이 변한 이유를 알았다.

그럼에도 불구하고 그는 태연했다.

"괜찮으시오?"

"한 번은 치러야 할 일이었어."

"일부러 정체를 드러낸 거군요."

"……."

"대체 왜?"

"소문에는 미지의 고수가 금사도에서 결사대를 이끈다고 했어. 그를 만나려면 금사도로 들어가기 전에 내가 누군지를 말해야 해. 아니면 그들은 모습을 보이지 않을 거야."

"황하는 아직도 멀었소."

"금사도는 황하 건너가 아냐."

이건 또 무슨 소린가.

황하를 목적으로 한다기에 황하를 건너야 하는 줄 알았다. 한데 황하가 아니라면 자신들은 대체 어디로 가고 있었단 말인가.

"하면 어디란 말이오?"

"내 짐작이 틀리지 않다면 금사도는 진령(秦嶺)에 있어."

"그게 무슨……!"

진령, 달리 진령산맥(秦嶺山脈)이라고도 부르는 이 거대한 지룡은 섬서성을 남북으로 양단하며 흐르는 천연의 거대한 장벽이다.

산세는 험악하고 계곡은 깊으며 숲은 한겨울에도 볕이 들지 않을 만큼 울창해 예로부터 남쪽의 왕조들이 중원을 정복하기 위해 반드시 넘어야 할 장애물로 인식되어 왔다.

심지어 이 산맥을 경계로 북쪽과 남쪽은 기후도 다르고, 풍습도 다르다. 오죽하면 강남과 강북의 경계는 장강이 아니라 진령산맥을 기준으로 해야 한다는 말이 있을까.

당엽이 놀란 것은 무당산이 바로 그 진령이 거느린 수많은 지맥 중 하나이기 때문이다. 다시 말해, 자신들은 지금 금사도를 코앞에 두고 있다.

"확실한… 분석이오?"

"십 중 구."

"사람들은 알고 있소?"

"아직은 아무도 알아서는 안 돼."

"그건 왜……?"

"오백 명이 모였다. 너라면 간자를 심어두지 않을 것 같나?"

"알았소."

"수뇌부들은?"

"긴급회의에 들어갔소. 우리의 처리문제를 놓고 벌써 반 시진째 갑론을박을 벌이고 있소이다."

"그렇겠지."

"그게 끝이오?"

"달리 원하는 대답이 있어?"

"대비를 해야지 않겠소이까?"

"무얼?"

"그들이 우리에게 칼을 겨누기라도 한다면……."

"그래서 그들이 우리를 죽일 수 있을까?"

"그럴 리가. 하지만 기분은 더러워질 것 같소. 기껏 싸워줬더니 이제 와서 마인과 살수라는 이유로 칼끝을 바꾸는 꼴이지 않소이까?"

"지금 저들의 기분도 딱 그럴 거야."

그사이 적대감을 드러내는 사람들은 점점 많아졌다. 마교도들에게 가족과 사형제를 잃은 사람들이다.

마교도에 대한 증오심이 뼛속까지 스며들지 않을 수가 없었다. 한데 바로 그 마교주의 제자가 나타났다. 어찌 피가 끓지 않을 것인가.

한번 촉발되기 시작한 살기는 점점 강도를 더해갔다. 몇몇 사람들을 중심으로 거대한 진이 펼쳐지기 시작했다. 수뇌부들이 결정을 끝내고 나올 때까지 엽무백과 당엽이 도주를 하지 못하도록 에워싸려는 것이다.

당엽은 조소를 흘렸다.

"좀 전까지만 해도 술을 나누는 것을 영광으로 알겠다는 사람들이 이제는 적으로 돌변해 살기를 끌어 올리다니. 만정이 다 떨어지는군."

"정? 저들에게 정을 느꼈어?"

"마, 말이 그렇다는 거외다."

"말은 왜 더듬어?"

"또 넘겨짚는다. 미리 말해두건대, 만약 저들이 공격을 한다면 난 손속에 사정을 두지 않을 거요."

"당연하지. 이에는 이, 눈에는 눈. 이게 내 신조다."

"마음에 드는군요."

"조원원은 네가 맡아라. 난 당소정을 맡을 테니. 그간의 정리도 있고 하니 단칼에 숨통을 끊어주자고."

"……?"

"싫어?"

"누가 싫다고 했소?"

"설마 그새 정이 든 건 아니겠지?"

"염려 마시오. 조원원은 내가 맡을 테니."

"그래 놓고 뒤로 빼돌리려고?"

"……!"

당엽은 그제야 엽무백이 자신을 놀리고 있다는 걸 깨달았다. 이 인간은 처음부터 두 여자를 죽일 생각이 없었다.

"말해봐. 무슨 일이야?"

"닮았소."

"닮아? 누굴……."

"내 영혼을 팔게 했던 유일한 사람."

"죽은 여동생을… 닮았다고?"

"목옥에서 처음 봤을 때 좀 놀랐소."

"당문의 약방문이 목적이 아니었군. 쓸데없이 힘만 뺐어."

"앞서 가지 마시오. 당문의 약방문은 아직 유효하오."

"미친놈."

"엽 형이 내게 할 말은 아닌 것 같습니다만."

그때 엽무백이 운공을 끝냈다는 소식을 듣고 수뇌부들이 달려왔다. 줄곧 함께 행동했던 당소정, 조원원, 진자강, 법공과 남창의 파양호에서 처음 인연을 맺었던 한백광, 남궁옥, 팽도굉, 위상문, 구일청, 송백겸, 장기룡이 그들이었다.

거기에 오늘 밤엔 이백 년 만에 나타난 개방 최고의 기재라는 칠성개와 그 이름도 유명한 청성오검이 있었다.

이들이 한자리에 모이자 그럴듯한 분위기가 만들어졌다. 사천당문, 해월루, 광동진가, 소림사, 무당파, 남궁세가, 하북팽가, 비룡문, 불이검문, 성하장, 백선곡, 개방, 청성파까지……. 하나같이 정도무림을 대표하는 명문대파의 후예들이 아닌가.

그들은 대여섯 걸음 떨어진 곳에서 걸음을 멈추고 엽무백을 에워쌌다. 그걸 적대관계로 간주한 군웅이 일제히 도검을 뽑아 들었다. 일순 살벌한 긴장이 감도는 가운데 한백광이 앞으로 나왔다.

그가 말했다.

"운공이 끝났군요."

"결정은 했소?"

"들었나 보군요."

"분위기가 이런데 모를 수가 있나. 이제 수뇌부의 결정을 들어볼까?"

"그전에 확실하게 해둘 게 있습니다."

"심문이라…… 유쾌하지는 않군."

"원하든 원하지 않든 여기 있는 사람들은 더 이상 개인일 수 없습니다. 그 점을 이해해 주면 고맙겠습니다."

"결과는 마찬가지지. 시작하시오."

"초공산의 제자라는 말이 사실입니까?"

"신궁과 팔마궁은 그렇게 생각하고 있지."

"당신의 생각을 묻는 겁니다."

숨죽인 듯 고요한 침묵이 흐르는 가운데 육백여 쌍의 눈이 엽무백의 입을 향했다. 엽무백의 입이 천천히 열렸다.

"나는 그를 사부로 생각한 적이 없소."

"우리에게 원하는 게 무엇입니까?"

"혼세신교의 궤멸."

"그렇게 해서 당신이 얻는 건 무엇입니까?"

엽무백의 눈매가 좁혀졌다.

한백광의 질문에서 무언가 다른 의미가 내포되어 있다는 걸 알아차린 탓이다. 한백광이 다시 물었다.

"우리를 이용해 권좌를 차지할 생각입니까?"

한백광의 눈동자가 서늘하게 빛났다.

엽무백을 둘러싼 다른 사람들의 눈동자에서도 은은한 기광이 흘러나왔다. 그들이 진정 궁금했던 게 이것이었다.

"그것도 나쁘지 않겠군."

한백광의 눈동자 가득 한기가 맺혔다.

주위에 몰려든 수뇌부들과 육백여의 군중으로부터 뿜어져 나온 살기가 좌중의 공기를 무겁게 짓눌렀다.

단 두 명과 육백여 명의 전투가 벌어지려는 일촉즉발의 순간, 당엽이 엽무백의 옆으로 조용히 다가섰다.

당엽은 서늘한 눈으로 사람들을 쓸어보았다.

여차하면 당장에라도 칼을 뽑아 들고 사람들 속으로 뛰어들 것 같았다. 그는 그러고도 남을 사람이었다.

"물러나."

"좋은 생각이 아니오."

"당엽."

"듣고 있소."

"한 번만 더 내 명령을 거역하면 죽음으로 책임을 묻겠다."

당엽의 눈썹이 살짝 꿈틀거렸다.

하지만 이내 걸음을 옮겨 엽무백의 뒤쪽에 시립했다.

엽무백은 수뇌부와 군웅 모두를 쓸어보며 말했다.

"기회가 왔으니 분명하고 확실하게 말해두지. 난 정도무림을 재건할 생각도 없고, 협객이니 정의니 하는 것과도 거리가 먼 사람이다. 정마를 따지며 마치 자신들만이 절대 선(善)인 양 떠들어대는 당신들도 지켜보기 역겹다."

좌중이 태풍을 맞은 것처럼 술렁였다.

마교를 치고 정도무림을 구원할 영웅을 만나기 위해 목숨을 걸고 달려왔거늘, 이 무슨 청천벽력 같은 말인가. 특히 당소정, 조원원, 진자강은 울상이 되었다.

"하지만!"

쩌렁한 음성이 대지를 울렸다.

군웅이 일제히 입을 닫았다.

"천제악과 팔마왕이 잘사는 꼴은 더욱더 보기 싫다. 해서 저 빌어먹을 혼세신교가 패망하는 걸 보는 게 내 목표고 내가 원하는 것이다. 이게 마음에 들지 않는다면 나는 홀로 가겠다. 만약……."

엽무백은 좌중을 다시 한 번 무섭게 쓸어본 후 말을 이었다.

"내 앞길을 막는 자가 있다면 그가 누구든 반드시 숨통을 끊어주겠다."

말과 함께 엽무백은 스스럼없이 걸음을 옮겼다.

당엽이 그의 뒤를 따랐다.

순식간에 한백광을 비롯한 십삼 인의 수뇌부를 제친 엽무백은 부글부글 끓는 군중 속으로 저벅저벅 걸어 들어갔다. 병기는 뽑지도 않았고, 그 어떤 주저함이나 망설임도 없었다.

그럼에도 불구하고 그에겐 감히 범접할 수 없는 기도가 있었다. 태산이 밀려오는 듯한 압박감에 사람들이 하나둘씩 옆으로 물러났다.

그때 맑은 음성이 허공을 갈랐다.

"같이 가요, 아저씨!"

진자강이었다.

어디서 주웠는지 제 키에 딱 맞는 칼까지 구해서는 엽무백에게로 달려왔다. 엽무백은 돌아보지 않았다.

딱히 진자강을 미워해서가 아니었다.

자신은 처음부터 저들과 달랐고, 노력한다고 해서 같이 될 수도 없었다. 그리고 싶은 생각도 없었다.

그때 또 다른 두 사람이 달려와 엽무백의 뒤를 따랐다.

조원원과 법공이었다.

"사람이 정이 없어."

"그걸 이제 알았어?"

조원원과 법공이 엽무백의 뒤통수를 노려보며 중얼거렸다. 말을 하는 와중에도 두 사람은 혹시나 있을지 모르는 군웅의 도발에 대비해 긴장을 늦추지 않았다.

"피가 나면 뱀처럼 차가울 거야."

"갈라보면 심장이 없을지도 몰라."

"누가 저 이의 가슴을 갈라보겠어요?"

"혹시 알아, 이렇게 계속 따라다니다 보면 눈먼 기회가 올지?"

"그건 좀 멀리 갔다."

"말이 그렇다는 거지, 말이."

"당신은 그 입이 문제예요."

"내 입이 뭘 잘못했다고 그래?"

"몰라서 물어요? 저 이가 초공산의 제자라는 말은 왜 해가지고 일을 이렇게 복잡하게 만드는 거예요?"

"술김에 그만……."

법공이 뒤통수를 벅벅 긁었다.

사람들은 깜짝 놀랐다.

법공이 자신의 잘못을 지적하는 말에 인정하는 모습을 처음 보았기 때문이다. 조원원은 잘못 들은 게 아닌가 하고 법공을 빤히 쳐다보기까지 했다.

곁에서 듣고 있던 당엽의 입가에 피식하고 미소가 어렸다.

조원원이 그걸 놓치지 않았다.

그녀가 당엽에게로 고개를 홱 꺾으며 물었다.

"방금 웃었어요?"

"무슨 말이오?"

"방금 웃었잖아요. 웃을 줄도 아네."

"생사람 잡지 마시오."

말과 함께 당엽이 휙 앞으로 나갔다.

"이상하다. 웃은 것 같은데."

그때쯤엔 당소정도 따르고 있었다.

다시 원래의 인원으로 돌아온 것이다.

이렇게 해서 여섯 명이 장내를 가로지르는 동안 군웅은 그 어떤 도발도 하지 않았다. 피는 끓어오르지만 그렇다고 확실한 적으로 고정하기에도 뭔가 앞뒤가 맞지 않은 모양이었다.

이윽고 엽무백 일행이 군웅을 모두 지나쳐 왔을 때 뒤쪽으로는 썰물처럼 갈라진 길이 생겨났다. 그 길의 끝에서 한백광이 외쳤다.

"적어도!"

사람들이 일제히 고개를 꺾어 한백광을 바라보았다. 엽무백이 걸음을 멈추고 뒤를 돌아보았다. 한백광의 말이 이어졌다.

"마교를 무너뜨릴 때까지는 함께할 수 있겠구려."

말과 함께 한백광이 신법을 펼쳤다.

눈 깜짝할 사이에 군웅을 가로지른 그는 엽무백의 뒤편에 시립했다. 저 멀리서 엽무백을 마주 보던 모습에서 다시 함께 육백여 명의 군웅을 바라보는 모습이 된 것이다.

뒤를 이어 남궁옥, 팽도굉, 위상문, 구일청, 송백겸, 장기룡, 칠성개, 청성오검 등이 차례로 달려와 엽무백의 뒤편에 자리했다.

그들은 한백광과 어깨를 나란히 한 채 엽무백을 수호하듯 둘러섰다. 그 모습이 마치 주군의 명령을 기다리는 무장(武將)들 같았다.

이건 가벼운 일이 아니다.

다른 곳은 다 제쳐 두고서라도 무당, 소림, 청성, 개방은 구파일방이라는 이름으로 불리던 곳이고, 당문, 팽가, 남궁가는 오대세가로 묶이던 곳이다.

그곳의 후예는 결코 아무에게나 머리를 숙이는 법이 없다. 한데 마교주의 제자였던 엽무백에게 자신들의 운명을 맡겼다. 그리고 자신들의 의지를 군웅에게 행동으로 보여주었다.

한백광이 큰 소리로 말했다.

"난 무당파 십칠대 제자 한백광이오. 무당과 소림, 청성, 개방, 남궁가, 당문을 비롯해 여기 있는 십삼 인은 반 시진에 이어진 숙의 끝에 엽 대협이 우리를 버리지 않는 한 끝까지 그와 함께 금사도로 가기로 했음을 천명하는 바이오."

말인즉슨 수뇌부들은 처음부터 엽무백을 따르기로 했다는 것이다. 그렇다면 한백광은 왜 불쾌한 질문으로 도발을 한 것일까?

엽무백이 의아한 표정으로 당소정을 바라보았다.

당소정이 말했다.

"남궁 선배의 작전이에요. 군웅으로부터 보다 확실한 신뢰를 얻고, 차후에라도 잡음이 일지 않도록 하기 위해선 납득할 만한 통과의례가 있어야 한다고. 그리고 방금 당신은 그 관문을 무사히 통과했어요. 군웅 중 누구도 당신에게 칼을 겨누지 않았다는 것으로 증명이 됐죠."

"하면 반 시진 동안 했다는 회의가……?"

"군웅으로부터 동의를 구하는 방식을 두고 갑론을박을 벌였죠. 이게 우리의 방식이에요. 강하다고 억누르지 않고, 이유 없이 추종을 강권하지 않으며 모두가 동의해야만 비로소 움직이는. 이제 우리가 왜 선(善)인지 아시겠어요?"

"방식은 다르나 결과는 똑같지."

"그게 우리가 마교와 다른 이유죠."

"그런 나약함 때문에 마교에 패했지."

"하지만 반드시 지켜야 할 가치죠."

"내게 그 가치를 강요하진 마시오."

"강요하면 따르기는 하고요?"

"물론 아니지."

"거봐요."

말미에 당소정이 환하게 웃었다.

그때까지도 군웅은 시끌벅적하고 있었다.

선뜻 결정을 내리지 못한 탓이다.

그때 군웅 속에서 누군가 목청을 돋웠다.

"이미 길을 터주었소. 더 무슨 대답이 필요하단 말이오?"

낯익은 목소리의 주인공은 허관길이었다.

이번에도 적절한 시점에 그가 나서서 분위기를 이끌고 있었다. 남궁옥이 빙그레 미소를 지었다. 역시나 노련하지 않은가.

사실 결과는 처음부터 정해진 것이었다.

정도 무림인들로서는 엽무백이 초공산의 제자가 아니라 사부라고 해도 선택의 여지가 없었다. 하루아침에 도검 오천 정과 전마 일천 필이라는 전쟁 물자를 만들어준 사람이 누군가.

엽무백이다.

숱한 마교의 고수들을 물리치고 숨어 있던 정도 무림인들을 양지로 끌어낸 사람이 누군가.

엽무백이다.

무당산 천주봉 자락에 육백여 명의 병력이 집결할 수 있게 해준 사람이 누군가.

엽무백이다.

오직 그만이 이 환란의 시대에 종지부를 찍을 수 있었다. 이게 마교주의 제자라는 내력에도 불구하고 엽무백이 아니면 안 되는 이유다.

분위기가 무르익자 한백광이 방점을 찍었다.

"우리와 함께 금사도로 갈 자 누구인가!"

"우와!"

우레와 같은 함성이 천지를 진동시켰다.

한번 터진 함성은 한참이 지나도록 잦아들지 않았다. 잠시 후, 한백광이 손을 들어 사람들을 자제시킨 후 엽무백을 향해 포권을 쥐어 보이며 물었다.

"자, 이제 첫 번째 명령을 내려주시오."

사람들 역시 한백광과 똑같은 표정으로 엽무백을 향했다. 엽무백은 사람들과 한차례 눈을 맞춘 후 빠르게 명령을 내렸다.

"한백광, 각 백 명씩 열 개의 타격대로 만들어 벽력궁으로부터 노획한 병기와 말로 무장을 시키시오. 궁수와 검수, 그리고 벽력궁의 폭기를 다룰 수 있는 사람을 골고루 분배해야 할 것이오."

"알겠습니다."

"남궁옥, 쓸 만한 고수들을 골라 비선의 인력을 확충하시오. 그들을 이용, 중원 전역에 흩어져 싸우는 저항군들에게 남은 병기와 마필을 모조리 공급하시오. 하루가 빠르면 백 명의 목숨을 살릴 수 있고, 그들은 고스란히 마교를 무너뜨리는 힘이 될 것이란 사실을 명심하시오."

"알겠습니다."

"해가 뜨는 즉시, 우리는 진령을 넘어 금사도로 진격할 것이오. 소문대로 금사도가 존재하고, 미지의 고수가 이끄는 결사대가 있다면 앞으로 태어나는 아이들은 지금과는 다른 세상에서 살게 될 것이오."

"우와아아아!"

엄청난 함성이 다시 한 번 천지를 진동시켰다.

『십병귀』 제5권에 계속…

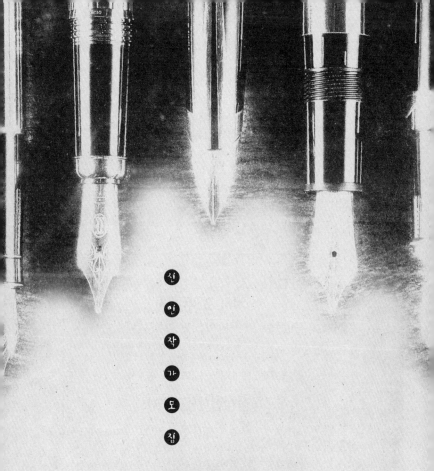

장강삼협

長江三峽

조돈형 新무협 판타지 소설

『궁귀검신』, 『마도십병』, 『운룡쟁천』의
작가 조돈형
그가 장강의 사나이들과 함께 돌아왔다!

굽이쳐 흐르는 거대한 장강의 흐름 속에서
선혈처럼 피어나 유성처럼 지는 사내들의 향취!

장강삼협(長江三峽)!

하늘 아래 누구보다 올곧았던 아버지의 시신을 이끌고
고향으로 돌아온 유대웅을 기다리고 있던 것은
천오백 년의 시공을 뛰어넘은 패왕(霸王)의 무(武)와 검(劍)!

패왕칠검(霸王七劍)과 팔뢰진천(八雷振天)의 무위 아래
천하제일검(天下第一劍)으로 우뚝 설 한 소년의 일대기!

장강의 수류는 대륙을 가로질러
이윽고 역사가 된다!

Book Publishing CHUNGEORAM

유행이 아닌 자유추구
WWW.chungeoram.com

ORIENTAL FANTASTIC STORY

김대산 新무협 판타지 소설

心劍誌
심 검 지

꼬물거리는 새끼 용(龍) 한 마리!
작고 희미한 검 한 자루!
순박한 산골 소년의 마음속에 심어지고 만 그것들이
지금 조금씩 자라나고 있다!

김대산! 그의 아홉 번째 이야기!

"한 자루 마음의 검을 다듬어내니
천지간에 베지 못할 것이 없도다!"

Book Publishing CHUNGEORAM

유행이 아닌 자유추구
WWW.chungeoram.com